D1665233

tredition®

Über den Autor:
1961 in München geboren, begann Johannes Klenk früh als Freies Mitglied der Redaktion für die Süddeutsche Zeitung zu schreiben. Danach arbeitete er als Werbetexter.
Bisher erschienen: „Gestern bin ich gestorben. Keine große Sache. Wirklich nicht." (Roman)
Zweiter Teil des Märchens „Schneewittchen": „Rosenliebchen und das verschwundene Lachen!" (Kinderbuch)

Verlag: tredition GmbH, Hamburg

ISBN
Paperback: 978-3-384-05446-3
Hardcover: 978-3-384-05447-0
E-Book: 978-3-384-05448-7

Printed in Germany

Johannes Klenk

Tannhäusers Tränen

Roman

Kapitelübersicht

Der Patient

Ein besonderer Tag

Er bekommt eine
schlechte Nachricht

Er bekommt eine
gute Nachricht

Der Ausraster

Der Arzt ist mehr
als nur Arzt

Kommen sich die
beiden näher?

Kann ihm noch
geholfen werden?

Hoffnung

Ein besonderer Abend

Der Arzt

Ein normaler Tag

Er überbringt eine
schlechte Nachricht

Er bekommt eine
schlechte Nachricht

Der Ausraster

Der Patient ist mehr
als nur Patient

Kommen sich die
beiden näher?

Kann er ihm
noch helfen?

Hoffnung

Ein besonderer Abend

Ein besonderer Tag

„'Err 'Ochmann!!"
Alberto Manzini, der italienische Dirigent der Münchner Philharmoniker, sprach das H nicht mit. Bei allen Worten, die mit einem H beginnen. Manchmal klang das nett, zum Beispiel bei „'übsch". Manchmal klang es einfach nur vernichtend und verschärfte seine Wirkung. So wie heute, übrigens nicht zum ersten Mal. Gemeint war Frank Hochmann, zweite Geige.
„'Err 'Ochmann, so geht das nicht!" Der Dirigent war sichtlich ungehalten, er schob sein volles langes, graues Haar energisch nach hinten und musste sichtlich an sich halten, um nicht zu schreien. Frank Hochmann zuckte unter den Worten zusammen, als wären es Peitschenhiebe.
„Musik lebt von Emotionen und Präzision! Präzision, verstehen Sie, 'Ochmann?" Er sah auf Hochmann herunter, der schuldbewusst mit dem Kopf nickte. Hochmann wusste es selbst, es passte nicht, wie er spielte, er wechselte nicht schnell genug, war immer einen Moment zu spät. Es tat ihm leid, aber er konnte nicht schneller, er konnte es einfach nicht mehr.
„Noch einmal von der zweite Abschnitt, nein besser ganz von vorne. Und bitte – achten auf die Tempi!"

Manzini schloss langsam die Augen, seine Gesichtszüge entspannten sich; er sah plötzlich wie verwandelt aus. Entspannt, glücklich und erwartungsvoll. Er kannte jede einzelne Note der Ouvertüre zu Tannhäuser auswendig, er brauchte die Partitur, die vor ihm lag, nicht zu sehen. Wie von Geisterhand geschrieben bauten sich die Noten vor seinen Augen auf. Und dahinter kam ein Wald zum Vorschein. Er sah Tannhäuser, Wolfram, den Vogt und die anderen kommen, sah wie sie sich auf die mit Moos bewachsenen Baumstämme setzten, um der Ouvertüre zu lauschen, die er gleich entstehen lassen würde. Er nickte ihnen unmerklich zu, lächelte und hob feierlich seinen Dirigentenstab.

Die Hörner begannen leise das Leitmotiv zu spielen, er hieß sie mit der linken Hand noch leiser, noch zurückhaltender zu beginnen. Sie folgten ihm. Nicht zu schnell werden, wir haben alle Zeit der Welt. Die Emotionen zulassen und genießen, in sich aufnehmen. Und jetzt der Einsatz der Streicher, auch ganz leise zuerst, und dann immer intensiver. Ja, er richtete sich auf, so ist es gut und jetzt! – Aber nein, was war das? Da störte etwas, da war etwas nicht in Ordnung.

Sein gerade noch vollkommen entspanntes Gesicht verfinsterte sich, wie ein Gewitter nach einem schönen

Sommertag plötzlich den Himmel verdunkelt. Wie eine lästige Fliege störte hier etwas; es war eine Geige, ja es war wieder diese verdammte zweite Geige, die aus der Reihe tanzte. „Nein, nein, nein!“ Mit schüttelndem Kopf und einer unwirschen Bewegung seines Stabes brach er das Spiel ab. Er zog seine Augenbrauen zusammen und schaute um sich, als wäre er aus einem schlechten Traum aufgewacht. Sein Blick blieb an Hochmann hängen.

„Achtel ist Achtel! Warum Sie spielen nicht Achtel? Falsch und immer wieder falsch! Warum? Wollen Sie ärgern mich? Genauigkeit! Wagner lebt davon!“

Frank Hochmanns linke Hand begann zu zittern, er nahm seine Geige vorsichtig in die rechte Hand, damit es nicht auffiel.

„Wagner ’ätte eine Viertelnote schreiben können, aber er ’at nicht! ’Ochmann, aber er ’at nicht! Wollen Sie Wagner verbessern, wollen Sie es besser wissen? Achtel ist Achtel, da es gibt keinen Spielraum.“

Frank Hochmann konnte dem Dirigenten nicht in die Augen sehen und starrte stattdessen auf die italienischen Designerschuhe von Manzini.

Er dachte an früher, als er noch das Wunderkind war. Ja, so hatten es die Zeitungen geschrieben: Der Junge

mit den schnellen Fingern. Oder: Frank Hochmann spielt schneller, als Lucky Luke schießt.
Er traf sein Idol Yehudi Menuhin, ach was, er traf ihn nicht nur, er spielte mit ihm das berühmte Konzert für zwei Violinen in d-Moll von Johann Sebastian Bach. Noch heute bekam er Gänsehaut, wenn er daran zurückdachte. Seine Karriere kannte nur eine Richtung, und die ging steil nach oben: Jüngstes Mitglied des Fürther Kammerorchesters, jüngste Erste Geige am...
„'Err 'Ochmann? 'Ören Sie mich? Verstehen Sie, was ich sage Ihnen?"
Nein, er hatte nicht zugehört und dennoch wusste er genau, was Manzini ihm gesagt hatte.
Er nickte mit dem Kopf, die Augen weiter gesenkt.
„Also gut", der Maestro wischte sich den Schweiß von der Stirn, „also gut, machen Schluss für heute. Morgen beginnen 14.00 Uhr mit Proben. Und bitte: jeder", er sah von einem zum anderen, bis sein Blick letztlich bei Hochmann hängen blieb, „jeder seinen Part übt noch einmal!"
Schweigend packte dieser behutsam, trotz aller Eile so schnell wie möglich von hier zu verschwinden, seinen ganzen Stolz, seine Violine von Nicolò Gagliano aus dem Jahr 1790, in den Kasten. Nicht ohne sie vorher

einmal mit der Rückseite seiner rechten Hand liebevoll zu streicheln. Das war eine Angewohnheit von ihm, seit er dieses Instrument besaß.
Er wich den mitleidigen Blicken der Orchestermitglieder aus und eilte zum Ausgang. Nur weg, nur raus hier. Doch da war jemand schneller gewesen als er. Martin Ritter, Oboe, sein bester Freund. Er öffnete die Tür und sagte: „Lass ihn doch reden, den Nudelbieger! Was der so dirigiert! Wenn wir genau danach spielen würden, dann..."
„Er hat aber Recht", unterbrach ihn Hochmann. „Und du weißt das, sonst wärst du nicht der Musiker, den ich schätze."
Ritter blickte zu Boden und schwieg einen Moment, dann sah er seinem Freund in die Augen, lächelte sanft und sagte aufrichtig: „Gut, du hast heute einen schlechten Tag gehabt..." Hochmanns trauriger Blick ließ ihn innehalten; er korrigierte sich: „Also gut, seit einiger Zeit geht es dir nicht so gut und darunter leidet dein Spiel. Ja, es stimmt, früher warst du so präzise, jetzt klingen deine Töne irgendwie langsamer und – ich weiß nicht wie ich es sagen soll – schleppender. Irgendwas fehlt. Aber was solls? Das ändert sich auch wieder.

Jetzt komm, wir gehen ein Glas Wein trinken, das hat noch immer geholfen."
„Nichts wird sich ändern", murmelte das einstige Wunderkind unhörbar in sich hinein und ließ sich widerwillig von seinem Freund, der ihn fest am Arm gepackt hatte, in die Weinstube „Zur Traube" führen.

Es war schon weit nach Mitternacht. Frank Hochmann versuchte, seine Wohnungstür in der Schellingstraße leise zu öffnen. Es gelang ihm nicht sofort. Zum einen lag das an dem berühmten Glas zu viel, und zum anderen an dem Geigenkoffer, den er mühsam jonglieren musste, weil seine verdammte linke Hand jetzt besonders stark zitterte.
Mit einem schweren Seufzer zog er die Tür hinter sich zu. Endlich allein.
Ritter war unglaublich nett gewesen und hatte aufrichtig versucht, ihn aufzumuntern. Er hatte so getan, als würde das funktionieren, und es war scheinbar ein geselliger Abend geworden.
Sie beide waren ein gutes Team, wenn es darum ging, Frauen anzumachen, zu flirten, Spaß zu haben. Dabei hätten sie kaum unterschiedlicher sein können.

Hochmann war ein großer, schlanker Mann mit vollem dunklem Haar, in dem sich hier und da ein paar graue Strähnen zeigten. Das jahrzehntelange Geigenspiel hatten seine Kopfhaltung etwas krumm werden lassen.
Sein Kinn hatte die für Geiger typische Druckstelle und zeigte immer leicht nach links, als würde er eine imaginäre Violine halten, oder als würde er ständig über etwas nachdenken. Ansonsten war seine Haltung einwandfrei. Seine Mutter sagte immer: Du gehst so gerade wie eine brennende Kerze.
Sein Gesicht hatte diesen leicht melancholischen, geheimnisvollen Ausdruck, der auf viele Frauen anziehend wirkt. Er war nicht der „Weißes-T-Shirt-Jeans-Typ", dazu fühlte er sich schon zu alt. Und als Berufsjugendlicher wollte er auch nicht gelten, obwohl seine Figur einwandfrei und er selbst sportlich war. Seine Kleidung wählte er sehr bewusst aus: schick, gepflegt, aber immer mit einer lässigen Note. Alles in allem war er eine attraktive Erscheinung, auch wenn er etwas älter wirkte, als seine 55 Jahre.
Martin Ritter dagegen war untersetzt, wesentlich kleiner und mit seinen 57 Jahren etwas älter. Sein graues Haupthaar war recht licht geworden und seinen Wohlstandsbauch konnte er nur mühsam verstecken.

Was optisch an ihm vielleicht weniger reizvoll war, machte er mit seinem sympathischen Wesen und vor allem seinem Humor mehr als wett. Jeder mochte ihn, man musste ihn einfach mögen, wenn er einen mit seinem freundlichen runden Gesicht anstrahlte, in dem immer ein Lächeln wohnte.
Er konnte Frauen direkt ansprechen, was Frank Hochmann nie im Leben einfallen würde. Niemand konnte ihm böse sein und nur selten wurde er abgewiesen. Für jeden hatte er ein aufmunterndes Wort oder ein aufrichtiges Lob bereit. Hinzu kam, dass er ein außerordentliches Gedächtnis hatte. Kein Geburtstag entging ihm.
Frank Hochmann lehnte noch immer, den Geigenkoffer fest umarmt, an seiner Wohnungstür und blickte auf die Bilder an der Wand. Er hatte noch kein Licht angemacht, aber die Straßenlaterne erleuchtete den Flur ausreichend, um die wohlbekannten Gestalten darauf zu erkennen. Es waren Zeugen einer vergangenen Zeit.
Ausnahmslos waren es Familienfotos: Er mit Frau und Tochter am Ammersee in einem kleinen Boot und alle taten so, als wäre es ein Rettungsboot auf hoher See. Er mit Frau und Tochter an den Niagarafällen, nass, obwohl sie Regenkleidung tragen.

Ein Lächeln huschte über sein Gesicht. Seine Tochter alleine, wie sie mit Fingerfarben ihren Namen schreibt. Seine Tochter auf dem Arm der Mutter lachend, sie aber mit anklagendem, vorwurfsvollem Gesichtsausdruck.
Er rutschte langsam mit dem Rücken an der Tür herunter bis er saß, die Geige presste er noch immer an sich, er musste sich einfach an etwas festhalten. Sein Blick war weiterhin auf die Bildergalerie gerichtet.
Clara am ersten Schultag, stolz, erwartungsvoll. Clara bei einem Schulausflug in Rom vor dem Pantheon mit Klassenkameraden. Clara mit 18 Jahren bei der Abifeier. Das war jetzt zehn Jahre her. Neuere Fotos von ihr gab es hier nicht.
Als letztes in der Reihe hing ein Kalender. Morgen um 10.00 Uhr stand da in roter Farbe: „ Dr. Schneider“.
Hochmann atmete tief durch. Morgen würde es also endlich Klarheit geben. Er starrte seine linke Hand im Halbdunkel an. Wie so oft versuchte er das Zittern zu unterbinden. Es gelang ihm immer nur für einen kurzen Moment, so auch jetzt.
Als es vor ein paar Wochen angefangen hatte, dachte er noch, es hätte mit der Anspannung zu tun, mit einer Nervosität, die ihn gerne überfiel.

Er hatte nicht weiter darauf geachtet. Aber es wurde immer unangenehmer, nahm weiter zu.
Im Alltag beeinträchtigte es ihn kaum, aber beim Spielen wurde es immer auffälliger, vordergründiger, nicht mehr zu verschweigen: Er verspielte sich, seine Finger gehorchten ihm einfach nicht mehr so wie früher. Manzini hatte Recht, er war nicht mehr schnell genug bei den Lagenwechseln.
Herrgott, es wird doch nicht Parkinson sein, schoss es ihm wie so oft in letzter Zeit durch den Kopf. Lass es nicht Parkinson sein. Er schloss fest die Augen und versuchte zu beten, seit langer, langer Zeit wieder.
Mühsam stand er auf, legte die Geige auf ihren Platz neben dem Couchtisch. Er zog sich aus, ging ohne Zähneputzen ins Bett und fiel in einen unruhigen Schlaf.

Ein normaler Tag

„Jetzt steh' halt endlich auf!"
Horst Schneider war schon wach, schon längst wach. Seitdem er als Assistenzarzt in der Frankfurter Uniklinik gearbeitet hatte, war sein Schlaf unruhig, leicht und vor allem kurz. Er drehte sich noch einmal um, so konnte er aus dem Fenster sehen. ‚Wie der Kirschbaum blüht, die Natur einfach unschlagbar', dachte er. Sakura sagen die Japaner dazu. ‚Warum bin ich eigentlich nie in Japan gewesen? Überhaupt: warum habe ich so wenig von der Welt gesehen?'
Naja bis auf Indien. Da hatte es ihn immer und immer wieder hingezogen. In seiner Neurologischen Arztpraxis hingen Bilder von den Reisen, aber nur die wenigsten verstanden sie. Es ging nicht um das Land Indien, diese Fotos erzählten Geschichten von Menschen. Ihre Blicke verrieten oft ihr ganzes Leben, ihre Herkunft, Wünsche und Ängste.
„Horst, Du bist zu spät!"
Seine Frau Marina versuchte ihm verzweifelt die Decke wegzuziehen. Doch Dr. Horst Schneider, 59 Jahre, Neurologe, klammerte sich wie ein kleines Kind an die Decke, als wäre sie eine Rettungsweste und er am Ertrinken. Sie gab den Kampf auf.

„Also gut, dann mach du das Bett, ich muss jetzt ins Büro."
Kopfschüttelnd gab sie ihm noch einen Kuss auf die Stirn. Er hörte, wie sie ihre Schlüssel aus der Schale auf der Kommode im Flur nahm und die Haustür hinter sich zuzog. Dann war es ganz still. Um diese Stille nicht zu stören, blieb er regungslos liegen, ohne sich auch nur einen einzigen Zentimeter zu bewegen. Wie angenehm. Vorsichtig schloss er noch einmal die Augen.
In der Praxis würde es gleich wieder hektisch losgehen. Die ständig unzufriedenen Sprechstundenhilfen, die traurigen, hilflosen Patienten, zu denen er mittlerweile eine bewusste Distanz wahrte.
Anfangs war das noch anders gewesen. Da war er noch Idealist, wollte die Neurologie revolutionieren. Er hatte gedacht, er sei dazu ausersehen, zum Beispiel eine Therapie gegen Demenz zu finden und davon geträumt, Ehrungen zu bekommen. „Alois Alzheimer hat Demenz als Erster beschrieben, Doktor Horst Schneider als Erster geheilt."
Darum hatte er sich früher in seine Arbeit gestürzt und versucht, jeden zu retten. Mit jedem seiner Patienten hatte er sich identifizieren können. Die Idealismus war ihm verlorengegangen.

Er liebte seinen Beruf nicht mehr, er liebte seine Patienten nicht mehr.
Doch manchmal sehnte er sich zurück nach den alten Zeiten. Damals hatte er ehrlicher, intensiver gelebt. Vor allem aber hatte er mehr Spaß daran gehabt, Arzt zu sein. Heute war er nichts anderes als ein Beamter, ein gut bezahlter Beamter, der heute wie ein kleines Kind im Bett liegen geblieben und fest entschlossen war die Schule zu schwänzen.
Jahrelang hatten sein Sohn Gustav und seine Marina dafür gesorgt, dass er einen gewissen Ausgleich fand. Mit der Zeit hatte sich das verändert. Gustav studierte in Heidelberg Informatik und kam nur noch ab und zu am Wochenende vorbei, wenn überhaupt. Dieses Jahr hatte er ihn überhaupt noch nicht gesehen, nur ein paar wenige Male über FaceTime. Mit ihm hatte er früher immer viel gelacht. Gustav fehlte ihm mehr als er zugeben wollte.
Und seine Frau, ja, was war eigentlich mit seiner Marina? Sie war der Typ Demi Moore in „Ghost, Nachricht von Sam". Er bekam eine kleine Erektion. Auch wenn sie die ominöse Fünf schon gesehen hatte, war seine Marina noch immer sexy. Und das war gut so, denn Sex war für ihn wichtig. Sehr wichtig! Umso

frustrierter war er, dass in letzter Zeit kaum noch etwas lief. Klar, das Alter. Dennoch, dachte Horst Schneider, sollte da mehr sein. Er konnte sich nicht damit zufriedengeben. Ihm fehlte die unbeschwerte Zeit, ihm fehlte der Sex mit Marina. Für ihn war sie noch immer die erotischste Frau der Welt.
Er kannte sich aus. Den ein oder anderen schwachen Moment hatte es gegeben. Aber das waren entweder Nutten oder kurze, nie ernste Beziehungen, reine Sexgeschichten.
Mittlerweile hatte er eine stattliche Erektion. Als er sich gerade überlegte, was er damit machen sollte, klingelte sein Handy. Er schrak auf und schaute auf die Uhr: 9.13 stand da unerbittlich. Er war nicht nur spät dran, er war unentschuldbar spät dran. Hastig nahm er den Anruf entgegen; es war natürlich die Praxis. Mit fester Stimme meldete er sich:
„Schneider."
„Herr Doktor", eine dünne Stimme aus der Praxis meldete sich, es war seine neue Sprechstundenhilfe Yvonne. Er sah ihre dicken Brüste vor sich, wie sie den Kittel zu sprengen drohten. Er schüttelte den Kopf, um dieses Bild loszuwerden.

„Äh, Herr Doktor, gut, dass ich Sie erreiche, wir haben uns schon Sorgen gemacht."
„Wieso denn das? Ich habe doch gesagt, dass ich heute früh mit dem Wagen in der Werkstatt bin und später komme", improvisierte er.
„Oh, ja, äh, das wusste ich nicht. Entschuldigen Sie bitte, Herr Doktor. Ich..." ‚Jetzt macht sie auch noch auf unschuldiges Mädchen. ‚Puh' dachte er. ‚Ich brauche bald, ganz bald wieder Sex mit Marina. Ich platze ja gleich.'
„Ist noch was?", fragte er sie.
„Alles gut." Sie senkte die Stimme, als würde sie ein Geheimnis preisgeben.
„Die Patienten kommen gleich, Sie haben Termine!", flüsterte sie ins Telefon.
„Gut, ich komme ja gleich", sagte Schneider, irrsinniger Weise auch flüsternd, und legte auf.
Obwohl sein Ständer etwas ganz anderes wollte, sprang er sofort aus dem Bett, machte es flink, aber nicht schön, und zog sich hastig an. Duschen musste heute ausfallen.
Das Haus der Schneiders liegt in Nymphenburg. Die Praxis in Schwabing in der Keuslinstraße. Parkplätze? Fehlanzeige. Der Arzt hatte darum einen Parkplatz in

der Nähe gemietet. Die gut 200 Meter in die Praxis sprintete er jetzt, schnaufend vor sich hin fluchend. Dort angekommen schlich er sich vorsichtig an den Sprechstundenhilfen vorbei in sein Zimmer. Erschöpft ließ er sich in seinen Stuhl fallen und versuchte wieder Luft zu bekommen.

„Der Körper ist nicht für 70 Jahre gemacht“, murmelte er, missachtend, dass er erst Ende 50 war. Er sah auf die Uhr: 9.55. Schon ging die Tür auf und Frau Blasius, seit der Gründung die gute Seele der Praxis, kam rein.

„Herr Doktor, jetzt müssen wir aber Gas geben, wir sind weit hinter dem Plan!!“

Er konnte es nicht mehr hören. ‚Was heißt denn wir? Ich muss Gas geben!‘ Er mochte es schon im Krankenhaus nicht, wenn Ärzte oder Schwestern einen Patienten mit „Wir“ ansprachen. „Wir müssen jetzt aber etwas trinken!“ „Wie geht es uns denn heute?“ Das war so herablassend. Aber jetzt war keine Zeit für Wortklauberei.

„Wer ist der Erste?“, fragte der Arzt, während er sich den weißen Kittel anzog.

„Frau Miller – Sie wissen schon...“

Ja, natürlich wusste der Arzt. Bei einer in der Regel unproblematischen Leistenoperation war etwas bei der

Anästhesie von Frau Miller schiefgelaufen. Jetzt klagte sie über epileptische Anfälle, Schwindelattacken und andere Probleme. Sie war herrisch, aggressiv, machte irrsinnigerweise Schneider für ihren Zustand verantwortlich und ließ ihn das auch deutlich spüren. Der Arzt atmete tief ein und aus.
„Schicken Sie Frau Miller bitte rein."
„Gerne." Frau Blasius drehte auf dem Absatz, salutierte spaßeshalber und marschierte aus dem Zimmer.
Ich hätte im Bett bleiben sollen, dachte der Arzt, ich... aber da kam schon Verena Miller durch die Tür gestürmt, attraktiv, schwarze Haare, 38 Jahre jung.
„Herr Doktor, jetzt mal im Ernst, es geht mir nicht gut, es geht mir gar nicht gut. Sie müssen etwas tun, jetzt sofort! Ich halte das nicht mehr aus, dieser Schwindel! Ich..."
Der Arzt unterbrach sie. „Guten Morgen, Frau Miller."
„Jaja, guten Morgen." Die Patientin war nicht an Höflichkeiten interessiert. „Also Herr Doktor, was schlagen Sie vor?!" Sie sah ihn provozierend an.
„Ich würde Sie gerne untersuchen, Ihre Reflexe testen. Und dann sehen wir weiter." Der Arzt sprach ganz ruhig und höflich. Er hatte zwar seine Begeisterung für Beruf und Patienten verloren, aber er war noch immer

ein guter, vielleicht sogar ein sehr guter Arzt. So war sein Umgang mit Patienten schon immer: verständnisvoll, geduldig, auf Augenhöhe. Frau Miller und alle anderen Patienten waren krank und jeder von ihnen ging anders damit um. Seine Aufgabe war es, nicht über sie zu urteilen, sondern ihnen zu helfen.

Er bekommt eine schlechte Nachricht

Pünktlich, nein überpünktlich, bereits um 9.45 Uhr betrat er die Praxis von Dr. Schneider und meldete sich am Empfang an. Die Arztpraxis lag auch in Schwabing, in der Keuslinstraße, in 15 Minuten war er hingelaufen.
Schon sehr früh war er wach geworden, hatte kaum frühstücken können und dennoch plötzlich keine Zeit mehr zum Duschen gehabt. Unausgeschlafen, hungrig und unangenehm riechend – der Patient fühlte sich elend, mochte sich selbst nicht leiden.
Es war ein ewiges Hin und Her gewesen. Bei seinem ersten Besuch war sich der Doktor noch sicher, dass es auf keinen Fall Parkinson ist. Doch der Tremor in der linken Hand wollte nicht besser werden, und außerdem schwang der linke Arm beim Gehen nicht locker mit, war irgendwie gehemmt.
Also hatte der Neurologe einen DAT-Scan angeordnet, eine nuklearmedizinische Untersuchung, bei der mit einem Kontrastmittel genau festgestellt werden konnte, wie viel Dopamin in den Gehirnhälften vorhanden war. Fehlte das Dopamin, war es Parkinson. Ganz einfach.
Der Patient atmete tief durch. Die Untersuchung war letzte Woche in einer Klinik gewesen, heute würde er das Ergebnis erfahren. Mit hängenden Schultern nahm er im Wartezimmer des Neurologen Platz.

Er blickte auf seine Armbanduhr, eine alte Junghans, ein Geschenk seines Vaters: 9.50 Uhr. Er sah sich um. Eine Frau Ende Dreißig saß in einer Ecke und starrte in ihr Handy. Seinen Gruß wurde nicht erwiderte sie nicht.
Der Patient sah sich um. Der Raum war sehr schlicht eingerichtet. Einzig die Bilder an der Wand, Fotos aus Indien, gaben ihm Wärme.
Es waren nicht die üblichen Bilder vom Taj Mahal und Jaipur. Sie zeigten nur Menschen. Mal bei der Arbeit, mal am Strand, alles Portraits. Er stand auf und betrachtete ein Bild näher, das es ihm besonders angetan hatte. Es zeigte einen sehr jungen Mann, der einen Elefanten führte und eindringlich in die Kamera blickte. In seinem Gesicht konnte er Stolz, aber auch Frustration lesen. Man sah es ihm an: Er machte seinen Job gut, aber der Mann, fast noch ein Jugendlicher, wollte ihn nicht wirklich. Vielleicht musste er eine Familientradition fortführen, obwohl er lieber Arzt oder Kfz-Mechaniker geworden wäre. Es steckte fast so etwas wie ein Hilferuf in seinen Augen. ‚Wie heißen die Elefantenführer gleich wieder?', fragte sich Hochmann, als er wieder Platz nahm. ‚Mahuk oder so ähnlich.'

Er sah wieder in die Ecke – die Frau war weg. Er war so in Gedanken vertieft gewesen, dass er nicht bemerkt hatte, dass sie aufgerufen worden war.
Ein weiterer Blick auf seine Uhr sagte ihm: 10.02 Uhr
Abrupt stand er auf und ging an die Empfangstheke. Die Arzthelferin Yvonne sah nur kurz von ihrem Computer auf und fragte gelangweilt: „Ja?"
„Mein Termin war um 10.00 Uhr. Nicht um 9.57 Uhr und nicht um 10.02 Uhr!" Der Patient wurde etwas lauter als er es wollte.
„Der Doktor ist gleich für Sie da." Die junge Frau in dem engen weißen Kostüm würdigte ihn keines Blickes.
„Nein, nein, Präzision! Es geht um Präzision. Wenn man einen Termin um 10.00 Uhr hat, dann muss man den auch einhalten. Verstehen Sie? Es geht um Präzision!! 9.57 ist 9.57 und 10.00 ist 10.00 und 10.02 ist 10.02. Da gibt es keinen Spielraum." Jetzt war er wirklich laut geworden, die letzten Worte schrie er fast heraus. Die Arzthelferin sah ihn erschrocken und überrascht an. Die Tür von Doktor Schneider öffnete sich.
„Was ist denn das für ein Lärm?", fragte der Arzt, Ende fünfzig, einen Kopf kleiner als der Patient, Glatze, freundliches, ja fast gütiges Gesicht. Er stand in seinem

weißen Kittel in der Tür und sah seine Arzthelferin fragend an. Diese nickte mit dem Kopf in Richtung des Patienten und antwortete: „Herr Hochmann ist etwas ungeduldig."
Der Arzt warf einen kurzen, geschulten Blick auf den Patienten. Freundlich, aber bestimmt sagte er zu ihm: „Herr Hochmann, ich habe gerade eine Patientin. Haben Sie noch einen kleinen Moment Geduld?"
Der Patient stand etwas verloren vor der Theke. Der Arzt und seine Helferin sahen ihn so freundlich an, als wäre er nicht ganz bei Sinnen. Ihm war die Szene, die er gemacht hatte, plötzlich peinlich, er bereute sein Verhalten. Er war froh, dass kein anderer Patient Zeuge seines Ausbruchs geworden war.
„Natürlich", murmelte er und sagte im Weggehen, „natürlich. Ich setze mich wieder ins Wartezimmer."
„Bis gleich!", rief ihm der Arzt hinterher.
Hochmann war leicht schwindlig und er war wirklich froh, dass er jetzt allein im Wartezimmer war. Die linke Hand zitterte wie verrückt, wie immer, wenn er besonders aufgeregt war. ‚Peinlich!' Das war alles, was ihm einfiel. ‚Wenn du dich schon beschwerst, dann darfst du nicht gleich wieder einknicken.' Er war unzufrieden mit sich.

Mit geschlossenen Augen dachte er an Clara. Wie sie jetzt wohl aussieht? Er sah sich, wie er ihr Zöpfe flocht, ihr Lachen, das ungestüme...
„Herr Hochmann?", die Arzthelferin rüttelte ihn vorsichtig an der Schulter. „Herr Hochmann, alles in Ordnung?"
„Ja", er öffnete langsam die Augen und sah ihr Gesicht gespenstisch nah, direkt über seinem.
„Ja, ja, alles gut", stammelte er.
„Dann können Sie jetzt zum Herrn Doktor."
Sie griff ihm unter die Achseln, um ihm aufzuhelfen. Das war unangenehm, er fühlte sich sofort krank, aber es war ihm auch sehr willkommen, denn er war gerade ungemein schlapp. Ganz plötzlich war die Angst vor dem Ergebnis über ihn gekommen, war greifbar, real. Am liebsten wäre er davongelaufen. Stattdessen ließ er sich von der jungen Frau, wie ein Verurteilter zum Schafott, zum Besprechungszimmer führen.
Einen Moment hielt er vor der einen Spalt offenen Tür inne, drückte seine Schultern nach hinten, die Brust nach vorne, und ging aufrecht und mit festen Schritten in das Ärztezimmer. Er machte sich also gerade, wollte heldenhaft zu seiner Hinrichtung schreiten.

Wie beim ersten Mal, als er hier war, fiel ihm die Einrichtung auf. Das Zimmer war modern, klar und dennoch keineswegs kalt, sondern angenehm freundlich eingerichtet.
Der Arzt saß hinter einem großen Mahagonitisch aus dem 19. Jahrhundert und sah in seinen Computer, ein iMac. Vor dem Schreibtisch war eine kleine Sitzgruppe mit zwei Le Corbusier Ledersofas. Der Tisch war ebenfalls ein Designermöbel: Rhombi Round. An der Wand hingen Poster von Konzerten. Der Patient erkannte das von Keith Haring gestaltete Plakat für das Montreux Jazz Festival 1991. ‚Dieser Mann hat echt Geschmack', dachte er.
Der Arzt war inzwischen aufgestanden und kam auf ihn zu, um ihm die Hand zu schütteln.
„Bitte nehmen Sie doch Platz", begann er das Gespräch. Sie setzten sich einander gegenüber hin.
„Schön haben Sie es hier", der Patient spielte auf Zeit in der unberechtigten Hoffnung, ein wenig Schmeicheln könne das Ergebnis positiv beeinflussen.
„Ja danke, das sagten Sie bereits bei Ihrem letzten Besuch. Ich liebe Designermöbel und Kunst, äh und Musik. Da haben wir etwas gemeinsam." Freundlich lächelte er seinen Patienten an. Dieser nickte ebenso

freundlich zurück und versuchte seine linke Hand zu bändigen.
Er konnte sich nur mühsam aufrecht halten. Er wartete auf das Urteil.
Der Arzt drehte sich um, nahm eine Akte vom Tisch, schlug sie auf und blätterte kurz in ihr herum.
Der Arzt schüttelte kaum merkbar den Kopf und drehte den Computer damit sie beide den Bildschirm sehen konnten. Der Patient erkannte ein Gehirn, die eine Gehirnhälfte hatte eine gelbe Füllung, die andere war nur zur Hälfte gefüllt. Der Arzt sah seinen Patienten an, als würde er sagen: ‚Muss ich da noch was sagen?'
Nein, musste er nicht. Der Patient starrte auf sein Gehirn und konnte nicht verhindern, dass seine Körperspannung deutlich nachließ. Er sackte in sich zusammen.
„Leider hat sich der Verdacht bestätigt. Sehen Sie hier: die Substantia nigra, also vereinfacht ausgedrückt: Ihre rechte Gehirnhälfte weist nur wenig Dopamin auf. Es ist also Parkinson, da gibt es keinen Zweifel." Der Arzt versuchte, es so schonend wie möglich auszudrücken, und kurz hatte der Patient das Gefühl, er wolle ihn anfassen und trösten, als er seine Hand nach ihm austreckte. Er erkannte eine Junghans von Max Bill an

seinem Handgelenk. ‚Warum fällt mir das denn auf?', dachte er. ‚Du hast Parkinson! Verstehst Du!! Parkinson'.
„Die gute Nachricht ist, dass wir die Krankheit heute viel besser behandeln und Ihre Lebensqualität lange aufrecht halten können."
„Lebensqualität?" Der Patient krächzte das Wort heraus. „Was meinen Sie mit ‚Lebensqualität'? Wie lange kann ich noch Geige spielen? Was werden die Leute sagen? Wie oft..."
„Herr Hochmann, ich verstehe, dass die Diagnose ein Schock für Sie ist und sie viele Fragen haben. Ich werde versuchen, sie alle zu beantworten. Haben Sie Vertrauen und glauben Sie mir, ich werde Sie optimal einstellen. Allerdings kann ich nicht verschweigen, dass Parkinson eine degenerative Krankheit ist. Die Nervenzellen sterben langsam ab. Wir können sie nicht heilen, wir können nur die Symptome behandeln und positiv beeinflussen. Es gibt viele..."
Der Patient befand sich in einer dunklen Wolke, die Worte drangen kaum noch zu ihm durch. Er schwebte über allem, sah den Arzt sprechen, sah sich selbst hier und da nicken, sogar ein Lächeln konnte er manchmal

bei sich entdecken. Frank Hochmann befand sich nicht mehr in diesem Raum, er war in der Zukunft.
Er sah sich Geigenunterricht geben, denn spielen konnte er ja nicht mehr. Er sah, wie sich die Leute nach ihm umdrehten, ihn anstarren, ihre mitleidsvollen Gesichter. Er versuchte auch Clara zu finden, aber sie war nicht da.
„... mit Levodopa, und Ihre Lebenserwartung wird durch diese Krankheit auch kaum beeinflusst.“ Der Arzt nickte freundlich und, so empfand es der Patient, ehrlich aufmunternd. Er hätte ihm fast geglaubt.
„Danke, Herr Doktor.“ Er hatte das Gefühl, jetzt auch mal etwas sagen zu müssen. „Und wie geht es jetzt weiter?“
Der Doktor drehte sich wieder um, nahm ein Rezept, das er schon vorbereitet hatte, und gab es dem Patienten.
„Nehmen Sie diese Tabletten, wie beschrieben. In 14 Tagen sehen wir uns wieder und besprechen, ob das die richtige Dosierung ist.“ Der Arzt schien nicht sicher zu sein, dass ihn der Patient verstanden hatte. Also schob er hinterher: „Haben Sie noch Fragen?“
Natürlich hatte er eine Frage, die einzige Frage überhaupt:

„Werde ich weiter Geige spielen können?“
„Das kann ich Ihnen heute noch nicht sagen. Kann sein, dass Sie noch viele Jahre spielen können.“
„Sie müssen verstehen, ich lebe davon. Nein, besser gesagt, es ist mein Leben.“
„Ach ja, Sie spielen ja im Orchester. Jetzt nehmen doch erstmal die Tabletten, und ich versuche, Sie bestmöglich einzustellen.“
Der Arzt nickte dem Patienten zu, als wollte er sagen: ‚Du meine Güte, ja – keine schöne Diagnose, aber wissen Sie, was ich hier sonst noch sehe? Die meisten meiner Patienten wären froh, wenn Sie an Ihrer Stelle wären. Jetzt stellen Sie sich mal nicht so an!‘
Der Patient nahm das Rezept entgegen und stand auf; der Arzt erhob sich ebenfalls. Da fiel ihm ein, dass er eigentlich noch fragen wollte, ob sich das Zittern durch die Tabletten verbessern und ob er wieder beweglicher werden würde. Aber sie waren schon an der Tür angekommen und der Arzt schüttelte ihm die Hand.
„Herr Hochmann, wir sehen uns dann in zwei Wochen. Auf Wiedersehen – und Kopf hoch.“
Der Patient konnte nur nicken, ging wortlos an der Empfangstheke vorbei und verließ die Praxis.

Er überbringt eine schlechte Nachricht

Der Arzt war gerade dabei, mit der Untersuchung seiner Patientin Frau Miller zu beginnen, als er von draußen laute Stimmen hörte. So konnte er nicht arbeiten. Er entschuldigte sich kurz und öffnete die Tür.

„Was ist denn das für ein Lärm?“, fragte der Arzt und sah Yvonne an. Diese nickte mit dem Kopf in Richtung des Patienten und antwortete: „Herr Hochmann ist etwas ungeduldig.“

Der Arzt warf einen kurzen, geschulten Blick auf den Patienten. Freundlich, aber bestimmt sagte er zu ihm: „Herr Hochmann, ich habe gerade eine Patientin. Haben Sie noch einen kleinen Moment Geduld?“

Der Patient stand etwas verloren vor der Theke. Der Arzt sah ihn freundlich an. Er würde ihm heute eine schlechte Nachricht überbringen müssen.

Dem Patienten sah man an, dass ihm der Vorfall peinlich war.

„Natürlich“, murmelte er und wiederholte mehrmals im Weggehen, „natürlich. Natürlich setze ich mich wieder ins Wartezimmer.“

„Bis gleich“, rief ihm der Arzt hinterher.

‚Der Tag fängt ja prima an‘, dachte er und ging zurück in sein Zimmer. Dort erwartete ihn eine ungeduldige Patientin, die demonstrativ mit dem Finger auf ihre

Armbanduhr tippte. Der Arzt machte ein paar Test, versuchte die Patientin zu beruhigen und ließ ihr schließlich Blut für ein großes Blutbild abnehmen.
„Na, da bin ich ja mal gespannt", sagte Frau Miller schnippisch, als sie das Arztzimmer verließ. Sie wiederholte den Satz noch einmal kopfschüttelnd, als sie am Empfang vorbeikam.
So, und jetzt also Frank Hochmann. Er rief das Ergebnis der nuklearmedizinischen Untersuchung, des DAT-Scans, den er angeordnet hatte, am Computer auf. Kein Zweifel. Anfangs hatte er noch gehofft, es könne etwas anderes sein. Der Arzt blickte auf die Stammganglien, die Dopamin-Transporter. Nein, der Befund Morbus Parkinson war eindeutig.
Über die Anlage rief er Frau Blasius.
„Frau Blasius, den Herrn Hochmann bitte."
Der Patient kam sehr gefasst in sein Zimmer. Der Arzt gab ihm einen Moment, um sich zu akklimatisieren. Als könnte er doch noch etwas finden, das den Befund widerlegte, blätterte er in dem Arztbrief des Kollegen von der Nuklearmedizin herum. Nein. Es war zu eindeutig. Er stand auf, schüttelte dem Patienten die Hand.
„Bitte, nehmen Sie doch Platz."

„Schön haben Sie es hier", antwortete der Patient.
„Ja, danke, das sagten Sie bereits bei Ihrem letzten Besuch. Ich liebe Designermöbel und Kunst, äh und Musik. Da haben wir etwas gemeinsam."
Das stimmte nicht, er mochte Musik nur wegen Marina, nur deswegen hatten sie ein Abo. Aber er wusste, dass der Patient Violinist an der Staatsoper war, er hatte es ihm erzählt.
Schon während sie sprachen, untersuchte der Arzt den Patienten, indem er ihn genau beobachtete. Er sah, wie der Patient die rechte Hand schützend vor die linke hielt, um den Tremor zu kaschieren. Er sah die ungeheure Anspannung, unter der sein Patient stand. ‚Es hilft nichts, ich muss es ihm sagen und gleichzeitig Mut machen.'
Der Arzt drehte den Computer so um, dass beide den Bildschirm sehen konnten. Die eine Gehirnhälfte hatte eine gelbe Füllung, die andere war nur zur Hälfte gefüllt.
„Leider hat sich der Verdacht bestätigt. Sehen Sie hier: die Substantia nigra, also vereinfacht ausgedrückt: Ihre rechte Gehirnhälfte weist nur wenig Dopamin auf. Es ist also Parkinson, da gibt es keinen Zweifel." Der Arzt versuchte es so schonend wie möglich auszudrücken.

Es waren die Momente, in denen er früher seine Patienten am liebsten in den Arm genommen und getröstet hätte.
„Die gute Nachricht ist“, sagte der Arzt, „dass wir die Krankheit heute viel besser behandeln und Ihre Lebensqualität lange aufrecht halten können.“
„Lebensqualität?“ Der Patient sah den Arzt an wie ein Boxer, der gerade einen Leberhaken einstecken musste.
„Was meinen Sie mit ‚Lebensqualität‘? Wie lange kann ich noch Geige spielen? Was werden die Leute sagen? Wie oft...“
„Herr Hochmann, ich verstehe, dass die Diagnose ein Schock für Sie ist und sie viele Fragen haben. Ich werde versuchen, sie alle zu beantworten. Haben Sie Vertrauen und glauben Sie mir, ich werde Sie optimal einstellen. Allerdings kann ich nicht verschweigen, dass Parkinson eine degenerative Krankheit ist. Die Nervenzellen sterben langsam ab. Wir können sie nicht heilen, wir können nur die Symptome behandeln und positiv beeinflussen. Es gibt viele Therapien, die Ihnen Ihre Beweglichkeit lange erhalten. Wichtig ist neben den Medikamenten die Physiotherapie...“

Der Arzt spürte, dass der Patient ihm kaum noch zuhörte. Seine Gedanken waren ganz woanders. Er hatte Angst.
„... mit Levodopa, und Ihre Lebenserwartung wird durch diese Krankheit auch kaum beeinflusst."
Der Arzt versuchte, zuversichtlich zu nicken.
„Danke, Herr Doktor", erwiderte der Patient. „Und wie geht es jetzt weiter?"
Das Rezept hatte der Arzt schon ausgedruckt.
„Nehmen Sie diese Tabletten, wie beschrieben. In 14 Tagen sehen wir uns wieder und besprechen, ob das die richtige Dosierung ist. Haben Sie noch Fragen?"
„Werde ich weiter Geige spielen können?"
„Das kann ich Ihnen heute noch nicht sagen. Kann sein, dass Sie noch viele Jahre spielen können." Der Arzt dachte: ‚Was soll ich denn noch sagen? Ich bin kein Hellseher, ich kann doch nichts versprechen.'
„Sie müssen verstehen, ich lebe davon. Nein, besser gesagt, es ist mein Leben."
„Ach ja, Sie spielen ja im Orchester. Jetzt nehmen Sie erstmal die Tabletten, ich versuche, Sie bestmöglich einzustellen."

Der Blick des Arztes wanderte kurz auf die blinkende Liste in seinem Computer. Es saßen mittlerweile drei Patienten im Wartezimmer, er musste Gas geben.
„Herr Hochmann, wir sehen uns dann in zwei Wochen. Auf Wiedersehen – und Kopf hoch."
Der Arzt sah ihm nachdenklich hinterher.
Er musste daran denken, wie er Arzt werden wollte, um die Welt zu retten. Ja, er hatte neue Therapien gegen Alzheimer, Demenz oder auch Parkinson entwickeln wollen, sich mit dem Nobelpreis für Medizin dekoriert gesehen, den er in aller Bescheidenheit annehmen wollte. Aber das war lange her. Die Realität hatte ihn längst eingeholt, der Pragmatismus den Idealismus überholt und schließlich ausradiert. Er hätte gerne den Elan von früher wieder, die Begeisterung, die Hoffnung!
‚Warum fange ich nicht heute damit an, wieder empathischer und idealistischer zu agieren?', überlegte er.
‚Nehmen wir den Patienten von gerade eben. Ich könnte mich doch intensiver um ihn kümmern, oder? So alt bin ich doch noch...'
„Herr Doktor? Herr Doktor?" Die Sprechstundenhilfe sah ihren Chef besorgt an. „Alles in Ordnung?" Dr. Schneider erwachte aus seinem Tagtraum.

„Alles bestens!“ Er sah Yvonne freundlich an, versuchte in ihr Gesicht zu schauen und nicht tiefer. Dann sagte er: „Schicken Sie den nächsten Patienten rein.“

Er bekommt eine gute Nachricht

Draußen auf der Straße blieb Frank Hochmann erst einmal stehen und atmete tief durch. ‚Puh, also doch.'
„Ich habe P....", murmelte er die Diagnose gepresst wie einen Urteilsspruch vor sich hin, aber konnte den Namen nicht aussprechen. Es war, als würde er die Krankheit erst durch das Nennen des Namens wirklich aktivieren, Realität werden lassen.
„Was muss ich jetzt alles machen?" Muss ich im Orchester Bescheid geben? Wer, ich meine, was zum Teufel...", er sprach mit sich selbst. Niemand nahm von ihm Notiz. Die Leute hetzten an ihm vorbei, er spürte den ein oder anderen leichten Rempler nicht.
Tausend Gedanken schossen ihm kreuz und quer durch den Kopf. Er musste sie in eine sinnvolle Reihenfolge bringen. Er setzte sich auf eine sehr willkommene, freie Bank und versuchte, wieder richtig zu funktionieren.
„Ruhig bleiben, ganz wichtig, ruhig bleiben, lass dich nicht verrückt machen." Wie ein Mantra deklamierte er dies vor sich hin. Und er wurde tatsächlich ruhiger, musste seine Gedanken nicht mehr laut aussprechen, sah in die Mittagssonne. Sie schien wie gestern und war doch eine andere geworden. Er blinzelte und musste lächeln. Plötzlich stellte er etwas Interessantes fest: Er war erleichtert. Erleichtert?

‚Bist Du verrückt? Das passt doch gar nicht zur Diagnose. Oder?‘ Hochmann lachte auf. Jetzt gab es kein Fragezeichen mehr, keine Unsicherheit.
Ihm fiel ein, wie er als kleiner Bub im Fernsehen Westernfilme gesehen und sich immer vorgestellt hatte, wie tapfer er in Gefahren bleiben würde. Selbst wenn er sterben musste, er würde es stilvoll, mutig und vorbildhaft über sich ergehen lassen. Und jetzt?
Dr. Schneider hatte gesagt, dass man an Parkinson nicht sterben würde. Der Mann verstand anscheinend nicht, worum es Frank Hochmann ging. Es ging um Qualität, nicht Quantität. Was für ein Leben lag vor ihm? Ohne Geigenspiel, starr in Mimik, zitternd, mitleidige Blicke auf sich ziehend... Ihm rann ein Schauer über den Rücken. Ganz plötzlich war seine Angst wieder da. Er hatte das Bedürfnis, mit jemandem zu sprechen, getröstet, in den Arm genommen zu werden.
Tränen rannen über seine Wangen, er konnte sie nicht zurückhalten. ‚Wie‘, fragte er sich, ‚wie soll mich jemand trösten, wenn ich es niemandem sagen möchte?‘
So saß er verloren auf der Bank und hatte vollkommen die Zeit vergessen. Das Läuten einer nahegelegenen Kirche weckte ihn. Es war 13.00 Uhr, noch eine Stunde bis zum Probenbeginn.

Kein Ruck durchfuhr ihn, er blieb regungslos sitzen, bis auf die linke Hand die, einem geheimen, unnachgiebigen Befehl gehorchend, vor sich hin zitterte.

„Mensch Frank, was war denn los, wo bist du denn gewesen?“ Martin Ritters Stimme am Telefon klang ehrlich besorgt.
„Mir geht es heute nicht so gut.“ Hochmann rang nach Fassung, er räusperte sich, seine Stimme klang dünn.
Er hatte nicht aufstehen können. Er war einfach sitzen geblieben und hatte dem stündlichen Glockenläuten der Kirche zugehört.
Dabei dachte er an die Endlichkeit, genauer gesagt an seine Endlichkeit, überlegte, wie er mit der Erkrankung umgehen sollte. Dabei spielte er verschiedene Verläufe von gut bis schlecht durch, dachte viel an Clara, warum sie sich so lange nicht gesehen hatten, welche Bedeutung die Musik für sein Leben hatte und alles mögliche andere, das ihm in den Sinn kam. Wie bei einer Meditation ließ er seine Gedanken kommen und wieder gehen. Seine Stimmung pendelte dabei zwischen Zuversicht und Verzweiflung.
„Alter, was hast du denn? Du hast doch noch nie eine Probe versäumt. Sag, was ist los?“

Hochmann wollte ihm alles so gerne erzählen. Martin war auch der Einzige, der über Clara Bescheid wusste. Es wäre daher naheliegend, ihm auch von seiner Erkrankung zu erzählen. Aber er konnte es nicht. Mitleid, gerade von Martin? Nein!
„Der Magen.“
„Der Magen? Du kommst nicht zur Probe, weil du Bauchweh hast?“ Ritter konnte es nicht glauben.
„Krämpfe.“ Er improvisierte.
„Soll ich vorbeikommen und dir eine Suppe oder sowas bringen?“
„Vielen lieben Dank, du bist echt ein Freund, aber ich brauche nur etwas Ruhe, wird schon wieder.“
Ritter glaubte ihm kein Wort, das passte nicht. War es wegen Clara? Oder wegen seines Geigenspiels?
„Es ist doch nicht wegen Manzini, oder? Der hat sich ganz besorgt nach dir erkundigt.“
„Nein, nicht Manzini.“
„Clara?“
„Nein, nicht Clara.“
„Also wirklich der Magen?“
„Ja.“
Ritter glaubte ihm noch immer nicht. Da war irgendetwas im Busch, und je mehr Frank leugnete, desto

misstrauischer wurde Martin. Aber was sollte er machen?
„Also gut, der Magen, wenn du darauf bestehst. Wenn es deinem Bauch besser geht, die nächste Probe ist nach dem Wochenende am Montag um 10 Uhr."
„Prima, bis dahin geht es mir bestimmt wieder gut." Hochmann versuchte, positiv zu klingen, zuversichtlich.
„Gute Besserung, Alter!"
„Danke, bis bald!" Er legte auf und bereute sofort, seinem Freund nichts gesagt zu haben.

Die nächsten Tage waren ein Auf und Ab der Gefühle.
Da waren die Proben. Natürlich musste er wieder hingehen, er wollte es ja auch. Die Tabletten brauchen ein paar Tage, bis sie wirken, hatte Dr. Schneider gesagt. Er wartete ungeduldig darauf und war frustriert, dass er keine Verbesserung seiner Symptome spürte.
Für die Proben, die er in größter Anspannung und Konzentration absolvierte, hatte er sich einen kleinen Trick einfallen lassen. Er versuchte sich zu verstecken, indem er einfach leiser spielte.
Zu seiner großen Überraschung klappte das auch, zumindest ein wenig. Manzini hatte ihn nicht mehr so

auf dem Kieker, auch wenn ihn der ein oder andere strafende Blick traf.

Das Leben von Frank Hochmann hatte sich von einem auf den anderen Moment, von jetzt auf gleich vollständig verändert.
Da waren die Nebenwirkungen. Hochmann hatte sich die Medikamente ganz bewusst nicht in der Apotheke in der Türkenstraße geholt, wo man ihn kannte. Es war ihm unangenehm, irgendwie peinlich, und er wollte nicht, dass sie von der Diagnose erfahren. Er traf eine wichtige Entscheidung: Die Tabletten sind meine Freunde, sie helfen mir. Er wollte sich nicht, wie viele andere, über die Menge der Tabletten beklagen, die er nehmen musste. Dennoch hatte er natürlich mit Nebenwirkungen, in erster Linie Übelkeit, zu kämpfen. Sie überfiel ihn manchmal von einem Moment auf den anderen, und dann halfen nur weitere Tabletten. Tabletten gegen Tabletten. Es war verrückt.
Da war die Einsamkeit. Er hatte sich noch nicht dazu durchringen können, sich jemandem anzuvertrauen. Hochmann wollte erst selbst eine positive Einstellung zu seiner Krankheit finden, er wollte gefestigt und souverän wirken.

Doch auf der anderen Seite spürte er, dass er bald mit jemandem reden musste. Nicht irgendwem. ‚Wenn ich es länger für mich behalte, ersticke ich daran', fühlte er.
Er wusste von Anfang an, seit der niederschmetternden Diagnose, mit wem er reden wollte:
Es war die Person, die am weitesten entfernt und ihm doch am nächsten war: Clara, seine Tochter Clara. Mit fünf Jahren hatte sie begonnen, Cello zu lernen. Ihr Vater wollte das so. Für ihn war das Spielen eines Instruments der Zugang, quasi die Eintrittskarte zu einer wundervollen Welt. Sein Leben war die Musik, seine Helden waren Haydn, Wagner, Mozart und natürlich Schumann. Das alles wollte er mit Clara teilen.
Schon bei der Namensgebung seiner Tochter hatte er Schumann im Kopf gehabt.
Auch Frank Hochmanns Frau Maria liebte Musik, nur konnte sie mit klassischer Musik leider gar nichts anfangen. Sie war ihr zu langweilig, zu traurig und viel zu ernst. Sie ging lieber in einen Club oder auf ein Pop-Konzert. Dieses Genre war ihrem Mann wiederum zu oberflächlich, zu einfach und zu durchschaubar. Über diese „Drei-Akkorde-Musik", wie er sie nannte, konnte er nur den Kopf schütteln.

Die kleine Clara liebte Musik, ohne Grenzen zu ziehen. Sie war von Robbie Williams Konzert in Knebworth genauso begeistert („Angel ist ein Meisterwerk!"), wie von der 2. Sinfonie von Beethoven. („Der gedehnte, getragene „2. Satz Larghetto" ist traumhaft!") Alles zu seiner Zeit.

Clara wurde richtig gut auf dem Cello. Sie spielte bei den Schulkonzerten solo und ihr Vater sah sie schon vor großem Publikum das unglaublich schwere Prélude aus Bachs Suite Nr. 1 für Cello in G-Dur spielen. Nur wurde aus der kleinen Clara natürlich auch langsam eine junge Frau. Sie begann sich für Jungs zu interessieren und dabei drehte sich ihr Musikkompass mehr auf Pop.

Ihr Vater hoffte auf eine vorübergehende Phase. Aber sie fand immer weniger Zeit, um zu üben. Und selbst die einst von beiden so sehr geliebten sonntäglichen Hauskonzerte, bei denen sie zusammen musizierten, fielen immer öfter anderen, „ganz, ganz wichtigen" Verabredungen zum Opfer.

Wie jeder Vater versuchte er es zuerst mit Reden, und als das nicht fruchtete mit Druck, Strafen, Ausgehverboten und so weiter. Es half alles nichts. Das lag auch daran, dass Clara eine Verbündete gefunden hatte: ihre Mutter Maria. Hochmanns Frau freute sich über

Claras Wandlung, befeuerte die Richtungsänderung und besuchte mit ihrer Tochter diverse Konzerte. Fast wären sie beim „Rock am Ring“ gelandet, wenn nicht eine Erkältung dazwischengekommen wäre.
Für Frank Hochmann war es, als würde er seine Tochter verlieren. Er steigerte sich immer mehr in die Sache hinein. Ihm war Musik, also richtige, klassische Musik einfach zu wichtig.
Das alles war jetzt zehn Jahre her. Von seiner Frau hatte er seitdem nicht viel gehört, das machte ihm nur wenig aus. Aber dass sich seine Tochter auch nicht mehr bei ihm meldete, das schmerzte ihn sehr. Laut Google wohnte sie noch in München, auch wenn sie nach Haidhausen umgezogen war. Viel mehr hatte er nicht in Erfahrung bringen können. Immerhin hatte er ihre Telefonnummer rausgefunden.

„Clara Hochmann.“ Ihre Stimme klang freundlich, frisch und sehr vertraut. Er konnte nicht gleich etwas sagen. Zwar hatte er in den letzten Tagen diesen Moment hundert Mal durchgespielt und überlegt, was er auf was alles sagen würde, jede mögliche Reaktion seiner Tochter vorausgesehen und darauf geantwortet, aber jetzt, wo er einfach ihren Namen hörte, war alles weg.

„Hallo? Hier ist Clara Hochmann." Nun klang ihre Stimme etwas genervt, was Frank Hochmann ungemein verunsicherte. Nur, wenn er nicht gleich etwas sagen würde, wäre das Nächste, was er hören würde, das Auflegen. Also nahm er all seinen Mut zusammen und sagte:

„Hallo Clara!"

„Hallo, wer ist denn da?"

„Wie gut es tut, deine Stimme zu hören!" Er bekam eine Gänsehaut, diese Stimme hatte er so vermisst. Puh, es haute ihn völlig um, sie klang so vertraut, klang wie früher, klang nach früher, bedeutete die Welt für ihn. Warum hatte er sich nicht schon längst bei ihr gemeldet?

„Papa?"

„Ja meine Kleine, ja ich bin es." Sein Herz schlug bis zum Hals.

„Hallo." Sie war so überrascht, dass ihr nichts Besseres einfiel. Sie sah ihren Vater vor sich, naja jedenfalls so, wie er vor vielen Jahren ausgesehen hatte.

Obwohl sie ihn die ganzen Jahre über in den Medien gesucht und gefunden und ihn so beim Älterwerden quasi beobachtet hatte, war ihr der Mann im Internet fremd. Ihr Vater sah für sie so aus, wie vor zehn Jahren.

„Hallo." Ihr Vater war mit der Situation sichtlich überfordert. Er dachte krampfhaft nach, was er sich alles überlegt hatte, nur fiel ihm nichts mehr ein. War alles wie ausgelöscht. Obwohl er genau das nicht wollte, also keine Banalitäten, fragte er:
„Wie geht es dir, meine Kleine?" So hatte sie niemand vor oder nach ihm genannt. Es war vertraut und berührte etwas ganz tief in ihr.
„Gut, Papa – rufst du mich deswegen an?"
„Nein, nein, das heißt natürlich doch, ich wollte natürlich wissen, wie es dir geht." Frank Hochmann kam ins Schwitzen.
„Und wie geht es dir?", fragte sie ihn.
Der Vater versuchte, in ihrer Stimme Anzeichen von Zu- oder Abneigung zu erkennen, von ehrlichem Interesse oder nur vorgespieltem. Es gelang ihm nicht eindeutig, aber Clara klang aufrichtig. Also fasste er Mut und fragte:
„Ich würde dich so gerne wiedersehen. Würdest du dich mit mir treffen? Nur auf einen Kaffee, oder ich meine, auch gerne auf ein Essen, ich meine, alles so, wie du es gerne magst, ich richte mich da..." Seine sowieso schon brüchige Stimme versagte.
„Papa, alles in Ordnung?"

Er war den Tränen nahe. So fremd sie sich auch geworden waren, ein Band aus Liebe und Vertrautheit verband Vater und Tochter noch immer.
Die Liebe hatte in der Zeit ohne Kontakt nicht gelitten. Am Telefon wollte er natürlich nicht über seine Gefühle sprechen.
„Alles gut, alles gut, ich wollte dich nur gerne sehen. Weil, weißt du, ich, also du, du fehlst mir. Fehlst mir so sehr. Ich vermisse dich!“
Clara stammelte:
„Du hast... hast mir auch gefehlt... ich möchte dich auch gerne sehen...“, mehr brachte sie nicht heraus.
„Jetzt wird alles gut, alles wird gut, Clara, hörst du, alles!“ Er atmete auf.
Ein warmes Gefühl überkam ihn, ein Gefühl, als könne wirklich alles gut werden. Er wischte sich die Tränen ab, die langsam seine Wangen herunterliefen. Das erste Mal fühlte sich Hochmann mit der Diagnose nicht alleine. Obwohl er noch nicht einmal richtig mit ihr gesprochen hatte, fühlte sich die Krankheit schon jetzt irgendwie anders an. Leichter, unkomplizierter.

Er bekommt eine schlechte Nachricht

‚Ich sollte mich mehr um Marina kümmern', dachte Dr. Schneider, während der letzte Patient für heute ihm erzählte, dass er Angst davor hatte, dement zu werden. Der Arzt beruhigte den Patienten und erklärte ihm, wie der MMST, der Mini-Mental-Status-Test, funktioniert. Mit seinen Gedanken war er aber woanders: ‚Vielleicht ein schönes Abendessen? Ich könnte eine Flasche Champagner kaufen und kleine Leckereien. Warum nicht', dachte er. ‚Wir sehen uns in letzter Zeit wenig und ich weiß nicht, wie es bei ihr im Büro läuft, wie es ihrer Mutter geht...' Er zählte alles Mögliche auf und wusste doch, dass ihn am Ende des Tages doch nur Sex interessierte.
Er verabschiedete den Patienten und wollte gerade das Licht an seinem Schreibtisch ausknipsen, da sah er noch eine Krankenakte auf dem Tisch liegen.
Hochmann, Frank stand auf dem Umschlag. Ihm ging das Gespräch noch einmal durch den Kopf. Der Patient hatte vom Musizieren, vom Geige spielen gesprochen, als wäre es das Einzige, was ihm noch am Leben halte. ‚Geige spielen, komisch.' Der Arzt konnte wirklich mit klassischer Musik überhaupt nichts anfangen. Meistens schlief er bei Konzerten ein.

Frank Hochmann hatte die Diagnose nach außen tapfer hingenommen. Aber natürlich war es für ihn ein Schock, wie für alle Patienten, die so eine Diagnose bekommen.
Der Arzt setzte sich nochmal hin. Wie war das eigentlich, wenn man so eine Diagnose bekommt? Wie würde er auf so eine Nachricht reagieren?
Er setzte sein Arztgesicht auf und sprach zu dem leeren Patientenstuhl:
„Tut mir sehr leid, Herr Schneider, aber Sie haben Parkinson.“ Schnell wechselte er die Position und nahm gegenüber Platz.
„Ja, und was bedeutet das jetzt? Wie wird sich mein Leben verändern?“
„Ach, das ist alles gar nicht so schlimm, wir können Sie gut einstellen.“
„Gut einstellen?“ Der Arzt Schneider wechselte ständig die Rolle mit dem Patienten Schneider.
„Was heißt denn gut einstellen? Werde ich denn weiter Sex haben können?“
Konnte der Patient natürlich, aber er wollte sich selbst provozieren, wollte etwas finden, was ihm so wichtig war, wie das Geige spielen für Frank Hochmann.

„Nein, eine Weile noch, aber dann ist das vorbei. Aber es gibt ja so viele andere schöne Sachen, die Sie noch machen können."

Erschöpft wechselte er das letzte Mal die Seiten und blieb als Patient sitzen.

Puh. Das wäre der Hammer. So musste sich Frank Hochmann fühlen, so mussten sich alle seine Patienten fühlen. Brutal. Am Anfang seines Medizinstudiums hatte er sich solche Patienten gewünscht. Menschen, denen er helfen kann, die seinen Rat suchen, die er nicht als Nummern sah, sondern als Individuen.

Er nahm sich vor, beim nächsten Termin einfühlsamer auf seinen Patienten Hochmann einzugehen.

Der Arzt schaltete das Licht aus, warf noch einen Rundumblick in die Praxis, die jetzt nur noch schemenhaft durch das Straßenlicht erhellt wurde.

Er hielt inne und lehnte sich an die Wand. ‚Wann bin ich von dem Weg abgekommen? Wann habe ich meine Leidenschaft verloren?'

Natürlich hatte er, wie alle seine Kollegen, immer weniger Zeit für das, was er eigentlich machen wollte, was er studiert hatte, wofür er damals brannte: seine Patienten.

Die Abrechnungen und die Korrespondenz mit den Krankenkassen verursachten soviel Papierkram, der wertvolle Zeit kostete. Zeit, in der er sich nicht um seine Patienten kümmern konnte.

Das war ein Grund, aber nicht der einzige. Er war bequem geworden, frustriert und abgestumpft. Kurz: Dr. Horst Schneider hatte aufgegeben.
Einen Moment schämte er sich, aber das war schnell vorbei. Bevor er die Eingangstür zusperrte, sagte er mit einem Kopfschütteln und Lächeln leise zu sich selbst: „Kein Sex mehr, verrückt!"
Nachdenklich ging er nach Hause.
Zuerst war er enttäuscht, dass seine Frau noch nicht da war. Wahrscheinlich irgendetwas im Büro, das kam in letzter Zeit öfter vor. Da schoss ihm plötzlich ein Gedanke durch den Kopf. Der war so genial, dass er sich selbst loben musste. Es war so einfach.
Schnell war eine Flasche Champagner gefunden, der Tisch gedeckt, ein paar Garnelen aufgetaut und mit Zwiebeln, Knoblauch und Kräutern gebraten. Jetzt noch ein Baguette in den Ofen schieben und den Tisch schön decken, so wie es Marina gerne hatte. Zufrieden blickte er auf das Ergebnis. Vielleicht noch Kerzen? Ja!

‚So, das kann jeder', dachte er, ‚aber jetzt kommt die Krönung.' Er ging in das Schlafzimmer und holte aus dem obersten Schrank einen Kleidersack. ‚Haben uns lang nicht mehr gesehen, mein Freund!', sagte er zu sich selbst, als er die Marineuniform aus dem Kleidersack zog. Das danebenliegende Krankenschwester-Outfit breitete er gekonnt auf dem Bett aus – Marina würde schon wissen, was zu tun war. Er lächelte. Ja, das war es. Jetzt musste er nur noch in die Uniform passen. Naja, ein wenig musste er schon die Luft anhalten, um reinzukommen. Egal. Noch etwas Musik, ganz dezent für die Atmosphäre. Prima. Erwartungsvoll setzte er sich an den gedeckten Tisch und wartete auf die sündige Krankenschwester. Es kamen ihm wieder die Bilder von damals in den Kopf, wie sie sich im Münchener Fasching genau mit diesen Kostümen kennengelernt hatten. Das war aufregend gewesen, schön und lange her. ‚Was solls', dachte er, ‚heute drehen wir die Zeit zurück!'

Marina Schneider war nicht ins Büro gefahren. Warum auch, sie arbeitete seit ein paar Monaten nicht mehr in der Vermögensberatung. Ihrem Mann war das nicht aufgefallen. Wie ihm überhaupt wenig auffiel. Früher

war das anders, da war er noch Teil ihres Lebens, interessierte sich für ihre Arbeit, wusste über ihre Kollegen Bescheid. Heute kam es ihr vor, als würde er nur noch an Sex denken.
Sie fuhr am Deutschen Museum vorbei über die Isar, ordnete sich rechts ein und bog in die Rosenheimer Landstraße ab. Nach 200 Metern hatte sie ihr Ziel erreicht, die Schleibinger Straße Nummer eins.
Thomas Radeburger, 35 Jahre alt, Lehrer für Deutsch und Geschichte, war anfangs so wohltuend anders. Er hatte noch dieses Feuer in sich, wollte die Schule reformieren, ignorierte die blutigen Nasen, die er sich dabei holte. Wie ein frischer Wind stürmte er in ihr Leben. Ja, er war fast 20 Jahre jünger als Marina, aber er ließ es sie nicht spüren, im Gegenteil: Er machte auch sie jünger. Und er konnte zuhören, bedrängte sie nicht. Zumindest anfangs.
Zögernd stand sie vor der Tür, ihr Zeigefinger zitterte leicht und berührte vorsichtig das Klingelschild „T. R.“. Sie atmete tief ein und drückte entschlossen auf das Stück Plastik, das ihre Eintrittskarte in eine andere Welt war. Der Türöffner brummte sofort. Er hatte auf sie gewartet.

Langsam, sorgsam atmend, stieg sie die fünf Stockwerke bis ganz nach oben. Nur nicht außer Atem oben ankommen! Nur alten Leuten passiert das.
Sie vertrödelte absichtlich die Zeit beim Treppensteigen, sah sich auf dem Weg nach oben die Namen an den Türen an und versuchte, bekannte Namensvettern zu finden.
1. Stock, links: Bayrhammer – da gab es doch diesen einen Schauspieler, der mit dem Pumuckl, ihre Schritte wurden langsamer. „Gustl, Gustl Bayrhammer!" Zufrieden ging sie weiter.
2. Stock, Mitte: Scholl – da fielen ihr natürlich gleich Sophie und Hans ein, aber das hatte sie schon beim ersten Mal entdeckt, jetzt musste was Neues her. Hmm, sie überlegte, ob es einen Fußballer Scholl gibt, aber sie war sich nicht sicher, darum gab es für diese Antwort keinen Punkt.
3. Stock, Mitte: Schneider – sie liebte es hier zu überlegen und einen neuen Schneider zu finden, Helge und Romy hatte sie schon, aber mehr wollte ihr einfach nicht einfallen. Verrückt, so ein einfacher und bekannter Name und – schon war sie ein Stockwerk weiter oben angekommen.

4. Stock, links: Kareninnas – hier blieb sie nachdenklich stehen. Der Name erinnerte sie an Anna Karenina von Tolstoi. Sie murmelte den berühmten ersten Satz wie ein auswendig gelerntes Gedicht vor sich hin:
„Alle glücklichen Familien gleichen einander, aber jede unglückliche Familie ist auf ihre ganz eigene Weise unglücklich!"
Bei dem Satz lief ihr ein angenehmer Schauer über den Rücken, aus irgendeinem Grund, tröstete sie dieser Satz. Sie hatte schon versucht, ...
„Marina? Marina!", es war Thomas, der nach ihr rief.
„Komme schon!" Sie eilte die letzten Stufen nach oben, was sie besser nicht gemacht hätte, denn jetzt war sie doch außer Atem. Oh, wie sie sich ärgerte.
„Hallo Thomas." Sie gab ihm im Vorübergehen einen sehr flüchtigen Kuss auf die Wange und ging in die Wohnung.
Die Einrichtung war einfach. Hauptsächlich IKEA. Nicht lieblos, aber ohne Wärme. Nicht unpraktisch, aber ohne Stil. Es fehlte die geschmackvolle Hand einer Frau. Marina war so eine Frau. Die Inneneinrichtung ihres Hauses in Nymphenburg hatte sie praktisch alleine geplant und umgesetzt. Wochenlang waren verschiedene Gewerke wie Polsterer, Maler oder Stuckateure bei ihr.

Viele Gäste und Freunde meinten, man könne das Haus in „Schöner Wohnen“ zeigen.
Marina hatte auch für diese Wohnung viele gute Ideen, aber behielt sie lieber für sich. Sie ging durch die keine Diele in den Wohnraum. Er hatte aufgeräumt. Für sie. Nur eine Kleinigkeit, aber sie bemerkte es.
Der Tisch war schon gedeckt. Thomas hatte sogar an Champagner gedacht. Er half ihr aus der Jacke. Ihr Blick schweifte durch die Schlafzimmertür. Das Bett war noch nicht gemacht, die Decke einladend aufgeschlagen. ‚Aha‘, dachte sie.

Der Besuch war nicht so verlaufen, wie es sich Marina vorgestellt hatte. Thomas bedrängte sie in letzter Zeit immer mehr, sich von ihrem Mann zu trennen. Der Streit endete, wie so oft, im Bett. Nur war dieser Versöhnungssex für sie auch nicht mehr so spannend und befriedigend wie anfangs. Sie spielte dennoch einen perfekten Orgasmus vor – jahrelanges Training zahlt sich aus. Thomas war zufrieden mit sich, fühlte sich als ausgezeichneter Liebhaber.
Unter einem Vorwand war sie von ihm weg gegangen. Auf dem Heimweg war noch durch die Stadt gestreunt, auf der Suche nach irgendetwas. Letztlich war es später

geworden als geplant. Horst würde nichts merken, nichts fragen. Wie immer.
Vorsichtig schloss sie die Tür auf, sie war nicht abgeschlossen, also war Horst schon da. Schade, sie hätte gerne Zeit für sich gehabt. Nanu, Musik? Ohne den Mantel auszuziehen ging sie direkt ins Esszimmer.
Fassungslos starrte sie ihren Mann an. Sollte sie lachen oder weinen?
„Kennen wir uns nicht vom Fasching?“ Horst lächelte sie verführerisch, oder was er dafür hielt, an. Schnell und gekonnt entkorkte er den Champagner und fuhr dabei fort, ohne auf eine Antwort zu warten:
„Da liegt etwas zu Anziehen im Schlafzimmer bereit, wir können aber auch zuerst...“ Er stockte. Der fassungslose Blick seiner Frau sprach Bände.
„Ich habe dir Garnelen gemacht, so wie du sie magst, mit Kräutern.“ Er versuchte die Situation zu retten. Hastig füllte er die Champagnergläser und bot ihr eines an. Er fühlte sich plötzlich lächerlich und unpassend in seiner Uniform.
„Vielleicht trinken wir erstmal einen Schluck?“
Marina stand noch immer in der Tür und starrte auf ihren Mann, ihren Horst. Was hatten wir für schöne Zeiten, schoss es ihr durch den Kopf. Wir waren ein

unschlagbares Team. Und jetzt sitzt da ein mir völlig fremder Mann.
„Ich habe eine Affäre." Sie sagte es ganz leise vor sich hin.
Ihr Mann verstand nicht.
„Du hast was?"
„Eine Affäre. Seit ein paar Monaten." Erschöpft ließ sie sich auf einen Stuhl fallen, nahm ihrem Mann eines der Gläser aus der Hand und trank es in einem Zug aus.
„Schenkst Du mir bitte nach?"
Sie blickte ihn nicht an.
Die Worte seiner Frau waren bei Dr. Horst Schneider zwar angekommen, kämpften sich aber noch mühsam den Weg durch sein Gehirn bis zu seinem Bewusstsein. Irgendetwas wollte die Wörter aufhalten, sie wurden zäh wie Kaugummi und kamen nur verzerrt in Bruchstücken an. Eine Affäre? Seit Monaten?
Marina nahm ihm die Flasche aus der Hand und füllte ihr Glas selbst nach. Warum hatte sie das nur gesagt?
„Schläfst du mit ihm?" Es war das Erste, was ihm durch den Kopf schoss, das Erste, was ihn interessierte.
Sie sah ihn traurig an.
„Ist das alles, was du wissen möchtest? Nicht warum, nicht wieso?" Ihr Körper fühlte sich plötzlich ungemein

schwer an, sie konnte kaum aufstehen. Sie stützte sich mit den Armen am Tisch ab und in den Stand, brauchte all ihre Kraft dafür und schlich in die Diele.
Er blickte ihr fassungslos hinterher, hörte wie sie den Kleiderschrank öffnete, einen Bügel herausholte, sein Klicken, als sie ihn mit ihrem Mantel zurückhängte und die Schranktür wieder schloss.
Das leichte Knarren der Treppe erzählte ihm, dass Marina, seine untreue Frau, nach oben ging, das Umdrehen eines Schlüssels, dass sie sich im Gästezimmer eingesperrt hatte.
Seine Frau lag erschöpft auf dem Gästebett. In ihrem Kopf raste ein Karussell mit Fragen.
Warum nur hatte sie es ihm gesagt? Warum hatte sie sich überhaupt auf eine Affäre eingelassen? Warum...
Sie brauchte jemanden zum Reden, einen vertrauten Freund, jemanden, der sie kennt. Sie öffnete halb erschreckt, halb erstaunt die Augen: ‚Ich brauche Horst, den Horst von früher, ich habe sonst niemanden.' Mit ihm konnte sie immer über alles sprechen.
Er war ihr Halt, von der Schwangerschaftsdepression bis hin zum Tod ihres Vaters. In vielen kleinen wie großen Problemen war er ihr Trost und für sie da.

Aber jetzt konnte sie ja schlecht mit ihm über ihn und sich selbst sprechen. Oder doch? Oder war genau das der richtige Weg? Sie liebte ihn ja noch immer. Eine bleierne Müdigkeit kam über Marina Schneider. Vor der Tür war es still geworden. Sie schloss die Augen. ‚Hat er mich wirklich Schlampe genannt?'

Der Ausraster

Frank Hochmann war eigentlich ein friedfertiger und ruhiger Mann. Man musste ihn schon sehr reizen, bis er durchdrehte. Vor zehn Jahren war es einmal so weit gekommen. Diese furchtbare Pop-Musik brachte ihn auf die Palme. Nach dem Telefongespräch musste Frank Hochmann an diese Zeit zurückdenken.
Eines Abends war laute Drei-Akkorde-Musik aus Claras Zimmer gekommen. Ohne anzuklopfen stürmte er wie ein wilder Stier in ihr Zimmer, riss den CD-Player aus den Kabeln und warf ihn zusammen mit dem Verstärker aus dem offenen Fenster in den Garten. Clara hatte ihren Vater entgeistert angesehen. Und damit war sie nicht alleine, denn ihr Freund Lars lag neben ihr im Bett und starrte ihn ebenfalls mit offenem Mund an. Dieser hatte in seiner Wut davon aber nichts mitbekommen. Er schnappte sich das Cello, lief aus dem Zimmer, hinunter in den Garten und schrie dann wie ein Irrer: „Ich verbrenne das Scheiß-Cello, ich verbrenne es!"
Clara, ihr Freund und ihre Mutter, die durch den Krach aufgeschreckt worden war, standen am Fenster und sahen nach unten, wie der Musiker verzweifelt versuchte, einen Scheiterhaufen zu entzünden. Es gelang ihm nicht. Nach einer gefühlten Ewigkeit sank er erschöpft auf den Erdboden und hob seinen Blick nach

oben zum Fenster. Als er in die fassungslosen, verwunderten, angewiderten und etwas ängstlichen Augen seiner Tochter sah, wusste er, dass er sie verloren hatte. Und nicht nur sie.

Was folgte war kein spektakuläres Drama, es war mehr ein stetiger, unaufhaltsamer Prozess. Zunächst verschwieg man den Vorfall. Aber schon zwei Wochen später hatte Clara plötzlich eine eigene Wohnung, zusammen mit Lars. Sie telefonierten in der ersten Zeit noch ab und zu miteinander, dann immer weniger und schließlich ging sie nicht mehr ans Telefon, wenn er anrief.

Irgendwann hatte er es aufgegeben. Was blieb, war ein Loch. Das blinde Verstehen, das sich Dahin-tragen-Lassen von der Musik, das fehlte Frank Hochmann seitdem.

Seine Frau hatte er damals an einen Studenten verloren, den sie bei einem Nico-Santos-Konzert kennengelernt hatte. Sie ging mit ihm irgendwohin ans Meer, wo er sich eine Zukunft als Surflehrer aufbauen wollte. Hochmann hatte den Ort vergessen.

Die Trennung ging erstaunlich schnell. Sie bekam bei der Scheidung, was sie wollte, und er wohnte seitdem in einer 3-Zimmer-Wohnung in der Schellingstraße.

Der Ausraster

Dr. Horst Schneider war eigentlich ein friedfertiger und ruhiger Mann. Man musste ihn schon sehr reizen, bis er durchdrehte. Das Geständnis seiner Frau brachte ihn jetzt auf die Palme.
Da saß er nun in seiner schneidigen Uniform am Tisch, zur weißen Salzsäule erstarrt. Die Kerzen waren schon fast heruntergebrannt. Er konnte es einfach nicht fassen. ‚Warum? Warum passiert mir so etwas? Das hört man doch immer nur von anderen.' Kurz schoss ihm der Gedanke durch den Kopf, dass sich seine Patienten auch so fühlen mussten. ‚Warum gerade ich? Wie ungerecht, was habe ich getan, das habe ich nicht verdient.' Er hätte weinen können.
Jedes Mal wenn er kurz die Augen schloss, sah er Marina mit einem anderen Kerl im Bett. Er litt. Nur nicht die Augen zumachen. Er starrte auf die Flammen, als könnte er sie mit seinen Blicken löschen. In seinen Ohren dröhnte es.
„Meine Frau schläft mit einem anderen Mann."
Er sprang auf, sein Herz raste. Jemand anderes hat seine Frau in den Armen gehalten und sie hatte ihn wer-weiß-wo geküsst, er war in sie gedrungen, er... Dr. Schneider musste sich am Tisch festhalten, um nicht umzukippen. Alles drehte sich, Fragen schossen ihm durch den Kopf.

‚Was hat er, was ich nicht habe? Wieso schläft sie mit ihm und nicht mit mir? Ich dachte immer, Sex sei ihr nicht so wichtig und jetzt das. Diese Schla...‘, er traute es sich nicht, das Wort fertig zu denken oder zu sagen. Aber sie war doch eine.
Außer sich stürzte er die Treppe hinauf und polterte gegen die Gästezimmertür.
„Marina, mach auf! Du machst jetzt sofort auf!“
Doch sie antwortete nicht, es war vollkommen still.
Er trommelte mit beiden Fäusten gegen die Tür.
„Mach auf du, du Schlampe!“ Er erschrak über sich selbst, er wollte es sofort zurücknehmen, aber es war gesagt.
Im Gästezimmer war nach wie vor alles ruhig.
Er rutschte erschöpft an der Tür zu Boden und flüsterte: „Das wollte ich nicht sagen, aber wie kannst du nur deinen Körper, den ich verehre, wie kannst du nur...?“

Der Arzt ist mehr als nur Arzt

Die Sprechstundenhilfe Yvonne sah den Patienten an, als hätte sie auf ihn gewartet.
„Herr Hochmann, es ist jetzt genau 10.56 Uhr. Ihr Termin ist um 11.00 Uhr. Der Doktor versucht heute besonders pünktlich zu sein!" Dabei lächelte sie ihn an und er erwiderte dieses Lächeln. Es tat ihm gut, denn es kam von Herzen.
„Vielen Dank, ich möchte mich auch für das letzte Mal entschuldigen, ich war..."
„Aber Herr Hochmann, das ist doch kein Problem, alles gut. Setzen Sie sich doch bitte ins Wartezimmer, ich komme dann gleich und hole Sie. Beim Doktor ist gerade noch eine Patientin."
Der Patient nickte und ging ins Wartezimmer.
In der Ecke saß ein älterer Mann mit auffallend langem weißem Haar um die 70, der ihm mit einem gezwungenen Lächeln zunickte. Er nickte kurz zurück, zum Zeichen, dass er den Gruß registriert hatte, und setzte sich soweit wie möglich von ihm weg. Es war mucksmäuschenstill in dem Zimmer, man hörte nur das Ticken der Wanduhr. Beide Männer schienen den Pakt geschlossen zu haben, sich auf keinen Fall anzusehen. Keiner wagte sich zu bewegen, aus Angst, ein Geräusch zu erzeugen, welches die Aufmerksamkeit auf sich

gezogen hätte. Mit angehaltenem Atem saßen sie wie zwei steinerne Statuen da. Als die Arzthelferin die Tür öffnete, um den einen der zwei Männer zum Doktor zu begleiten, erschraken beide.
„Herr Hochmann, der Doktor erwartet Sie!" Sie wollte ihm unter den Arm greifen, um ihn zu führen und zu stützen. Wahrscheinlich meinte sie es nur gut und machte es, weil er das letzte Mal so abwesend gewesen war, aber dennoch ärgerte sich der Patient über die Arzthelferin. Er schüttelte sie bestimmt, wenn auch freundlich ab.
„Danke."
Er nickte in die Richtung des älteren Mannes, aber der schaute noch immer in eine andere Richtung.
„Hallo Herr Hochmann, schön Sie zu sehen." Der Arzt lächelte dem Patienten freundlich zu. Ob er das aus Routine, also bei jedem so machte oder nicht, konnte der Kranke nicht feststellen.
Mit einer Handbewegung wurde ihm ein Platz auf dem Zweisitzer angeboten. Doch in dem Moment, als sich der Arzt zu ihm setzen wollte, klingelte dessen Telefon und er nahm ab, ohne sich dafür zu entschuldigen.
Es war anscheinend ein anderer Arzt. Fremdwörter um sich werfend tauschten sie sich über irgendetwas aus.

Der Patient verstand nur, dass es sich um etwas mit dem Nervensystem handelte, naja, worum auch sonst.
Bei dem Telefonat hatte er das erste Mal Zeit, sich den Arzt genauer anzusehen.
Er musste ungefähr so alt sein wie er selbst. Die Art, wie er mit seinem Kollegen am Telefon sprach, war verbindlich und bestimmt, aber ohne jegliche Arroganz. Seine freie rechte Hand malte die ganze Zeit Bilder in die Luft, was an sich unnütz war, denn sein Gesprächspartner konnte ihn ja nicht sehen, aber Hochmann dennoch sehr gefiel.
Besonders beeindruckt war er von dem Lächeln, das ab und zu über seine Lippen blitzte. Da kam plötzlich zu dem Arzt auch der Mensch Horst Schneider zum Vorschein. Was für eine Person mochte das sein, überlegte der Patient. Die Bilder auf seinem Schreibtisch standen leider so, dass er sie nicht erkennen konnte. Bestimmt war seine Familie darauf zu sehen. So jemand ist glücklich verheiratet.
Der Musiker ärgerte sich nicht über das lange Telefonat, im Gegenteil, seine Neugier war geweckt, er suchte mit seinen Augen den Raum nach persönlichen Gegenständen ab. Er wollte sich ein Bild von seinem Arzt machen, nein er musste, denn plötzlich wurde ihm klar,

dass sein Gegenüber ab sofort die im Moment wichtigste Person in seinem Leben war.
Von ihm konnte es abhängen, wie gut er durch diese Krankheit kommt. Der Arzt konnte dem Patienten helfen, wenn er sich nur intensiv genug mit ihm beschäftigen würde. Helfen! Retten!
Der Patient sah den Arzt wie eine Gottheit an. Der Arzt war die Lösung. Er musste ihm nur genügend Gründe geben, sich intensiv mit ihm zu befassen, intensiver als mit anderen Patienten. Er malte sich einen Wettbewerb unter den Patienten auf.
Hochmann wurde jetzt doch etwas nervös. Seine Augen wanderten, da ihn der Arzt direkt ansah und ihm das peinlich war, die Wand mit den Auszeichnungen, Ehrungen und anderen Dokumenten verschiedener Universitäten und Krankenhäuser entlang. Wow. Der Patient war beeindruckt und sich immer sicherer, hier richtig zu sein.
Das Telefongespräch neigte sich dem Ende zu. Fieberhaft überlegte er: ‚Was soll ich ihn fragen? Wie ziehe ich ihn auf meine Seite? Soll ich ihn fragen, warum er eigentlich Arzt geworden ist und warum gerade Neurologe? Den ganzen Tag kranke Menschen um sich,

da wurde man doch selbst krank von, oder?‘ Blöde Frage.
„Herr Hochmann? Herr Hochmann?“ Der Patient war noch in seine Gedanken versunken; er starrte dabei noch immer die gerahmten Lobpreisungen des Arztes an und merkte nicht, dass der das Telefongespräch beendet, ihn erst eine Weile gemustert und dann schließlich angesprochen hatte. Wie aus einem Traum erwachend erwiderte der Patient den Blick.
„Herr Hochmann, wie geht es ihnen? Wie vertragen Sie die Medikamente? Fühlen Sie schon eine Wirkung?“ Der Arzt sah ihn erwartungsvoll an.
„Ja, nun ja, es wird schon langsam besser.“ ‚Lobe ihn‘, dachte der Patient, ‚auch wenn ich eigentlich keine wesentliche Verbesserung merke. Es ist wichtig, den Arzt bei Laune zu halten.‘
„Ein wenig Übelkeit verspüre ich hier und da, aber dank der großartigen Tabletten von Ihnen habe ich das im Griff.“ ‚Nicht zu dick auftragen.‘
Der Arzt lächelte zufrieden und sagte: „Das klingt ja sehr vielversprechend. Was ist mit dem Tremor, dem Zittern in der linken Hand?“
Manchmal hatte der Patient wirklich das Gefühl, die linke Hand würde weniger zittern und vor allem wieder

beweglicher sein. Er merkte es beim Geige spielen. Auch wenn er noch weit entfernt von seiner Hochform war, er spüre eine Verbesserung.
„Besser, besser."
„Das freut mich aufrichtig. Ich habe Sie mal gegoogelt und mein lieber Mann, Sie waren ja wirklich berühmt, ich meine, Sie sind es. Da müssen wir jetzt alles dafür tun, dass Sie Ihre Gabe, Ihr Talent ausleben und so lange wie möglich Geige spielen können."
Der Patient spürte, wie ihm Tränen in die Augen stiegen. Sein Arzt verstand ihn, er würde ihm helfen, er war seine Rettung.
„Prima, dann bleiben wir vorerst bei der Medikation. Haben Sie noch Fragen?", unterbrach der Arzt seine Gedanken.
„Nein, aber ich wollte Ihnen danken."
„Aber Sie müssen mir doch nicht danken." Der Arzt schüttelte freundlich den Kopf.
„Doch, doch. Und das alles, obwohl ich mich das letzte Mal so danebenbenommen habe. Wofür ich mich nochmals entschuldigen möchte!"
„Aber Herr Hochmann, Sie..."
„Nein, nein!", unterbrach ihn der Patient bestimmt, der richtig Fahrt aufgenommen hatte.

„Das war nicht in Ordnung von mir und ich bin Ihnen für Ihre Nachsichtigkeit dankbar."
Der Arzt wollte gerade etwas antworten, als der Patient die Hand hob, um ihn zu stoppen. „Sie sind ein sehr, sehr guter Arzt!"
„Schön, dass Sie Vertrauen zu mir haben. Das ist sehr wichtig für die weitere Behandlung. Es freut mich." Der Arzt war aufgestanden und reichte dem Patienten lächelnd seine Hand zum Abschied.
„Wir sehen uns in vier Wochen wieder – außer natürlich, es ist irgendetwas, dann melden Sie sich bitte und wir machen kurzfristig einen Termin aus."
„Danke, Herr Doktor."
Auf der Straße fühlte sich der Patient etwas besser, freier. Er hatte den Arzt für sich gewonnen. Er atmete tief ein und aus. Und das Treffen mit Clara war auch schon bald. Der Anfang war gemacht.

Der Patient ist mehr als nur Patient

Der Arzt hatte geschrien, geschimpft und beleidigt. Wie ein Verrückter war er durch die Wohnung gerannt und hatte nach Hinweisen auf den Dreckskerl gesucht, der mit seiner Frau schlief. Ohne Glück. Alles drehte sich um die eine Frage, drehte sich um seine verletzte Männlichkeit.
Es dauerte lange, bis er seine Eitelkeit zur Seite legen konnte. Das machte schließlich den Weg frei, nach und nach zu verstehen, warum das passieren konnte. Und so kam es auch zu klärenden intensiven Gesprächen mit Marina. Sie setzten sich mit ihrem Leben auseinander, überlegten, wo sie sich verloren, verletzt und vergessen hatten. Dabei kamen sie sich wieder näher.
Dennoch: Keiner durfte erfahren, dass seine Frau fremdgegangen war. In der Praxis war der Arzt betont gut drauf, riss sich in den schweren Tagen zusammen, machte sich gerade. Marina hatte ihm versprochen, die Affäre für sich zu behalten.

Heute war der erste Termin von Frank Hochmann seit der Diagnose Parkinson. Komisch, aus irgendeinem Grund fühlte er sich mit ihm verbunden, interessierte ihn dieser Fall besonders. Warum nur?

„Hallo Herr Hochmann, schön Sie zu sehen." Der Arzt lächelte dem Patienten freundlich zu.
Der Patient sah so aus, wie sich der Arzt fühlte: einsam, verunsichert und verletzt.
Der Arzt zeigte auf das Sofa, der Patient setzte sich. Dann klingelte sein Telefon. Ärgerlich. Auf dem Display stand „Prof. Kleinstadt" – der Leiter der Neurologie an der Uniklinik Frankfurt. Der Arzt fühlte sich einen Moment geehrt und nahm den Anruf an, ohne sich beim Patienten dafür zu entschuldigen.
Kleinstadt berichtete, dass Frau Miller ihn aufgesucht hatte. Sie tauschten sich über den Fall aus und der Professor schien endlos Zeit zu haben. Dem Arzt wurde es seinem Patienten gegenüber immer unangenehmer, je länger das Gespräch dauerte.
Endlich. Er konnte auflegen. Der Patient saß starr auf dem Zweisitzer, den Blick fest auf die Auszeichnungen an der Wand gerichtet.
„Herr Hochmann? Herr Hochmann, wie geht es ihnen?"
Der Patient war ganz in Gedanken versunken, reagierte nicht. Einem natürlichen Reflex folgend wollte der Arzt ihn wachrütteln. Doch dann hielt er inne, er wollte die

Gelegenheit nutzen, um Frank Hochmann genauer zu betrachten, neurologisch zu analysieren.

Zuerst checkte er die Körperhaltung, dann die Mimik und Anzeichen von Tremores. Das gab ihm wertvolle Hinweise, wie weit die Krankheit schon fortgeschritten war.

Der Arzt stellte verschiedene Anomalitäten fest. Aber alles in allem waren sie noch sehr unauffällig, typisch für dieses frühe Stadium der Erkrankung.

Danach versuchte er zu ergründen, was im Inneren seines Patienten vorgeht. Seit Marinas „Geständnis" spürte er neben dem Hass und der Neugier, wer derjenige welche war, etwas ganz Neues. Er war empfindlicher, verletzlicher und nachdenklicher geworden. Manchmal fragte er sich sogar, welche Fehler er in der Beziehung gemacht hatte. Diese, für ihn vollkommen neue oder längst verloren geglaubte Sensibilität und Aufmerksamkeit, veränderte auch die Blickweise auf seine Patienten.

Er wollte sie ganzheitlicher wahrnehmen, genauer beobachten versuchen, auch zwischen den Zeilen zu lesen.

Der Patient, der vor ihm saß, hatte elegante, schöne Hände. Er sah vor seinem inneren Auge, wie die Finger den Hals der Violine, mal zärtlich, mal bestimmend bearbeiteten.
Die Unterlippe zitterte leicht, er musste unter einem starken Druck stehen. Er kämpfte mit sich. ‚Ein wenig wie ich', dachte der Arzt. Seit wenigen Wochen war ihr beider Leben auf den Kopf gestellt. Beide wussten nicht, wie es weitergehen würde, hatten Angst, fühlten sich alleine. Der Arzt beobachtete den Patienten weiter.
Die Haltung des Patienten war sehr aufrecht, vielleicht sogar etwas verkrampft. Sicherlich der großen Disziplin geschuldet, die man als Musiker braucht. Melancholisch in sich versunken betrachtete der Patient noch immer die Auszeichnungen. ‚Wo mag er jetzt mit seinen Gedanken sein? Hat er eine Familie, die ihm beisteht?' Er war tapfer gewesen, aber alleine kann man gegen Parkinson nichts ausrichten, man braucht ein Team. Arzt, Physiotherapie etc. Und vor allem jemanden, der tagtäglich an seiner Seite steht. Kurz schoss ihm der Gedanken durch den Kopf: ‚Wer ist in meinem Team?'
Der Arzt versuchte es noch einmal.
„Herr Hochmann? Herr Hochmann?" Aus seinem Traum erwachend sah ihn der Patient an.

„Herr Hochmann, wie geht es Ihnen? Wie vertragen Sie die Medikamente? Fühlen sie Sie schon eine Wirkung?“ Der Arzt sah ihn erwartungsvoll an.
„Ja, nun ja, es wird schon langsam besser.“ Antwortete der Patient. Der Arzt nickte und lächelte ihn an. Er war sich sicher, dass ihn der Patient anlog.
„Ein wenig Übelkeit verspüre ich hier und da, aber Dank der großartigen Tabletten von Ihnen habe ich das im Griff.“ Ach so. Der Patient wollte sich einschmeicheln. Der Arzt kannte das.
„Das klingt ja sehr vielversprechend. Was ist mit dem Tremor, dem Zittern in der linken Hand?“
„Besser, besser.“
„Das freut mich aufrichtig. Ich habe Sie mal gegoogelt und mein lieber Mann, Sie waren ja wirklich berühmt, ich meine, Sie sind es. Da müssen wir jetzt alles dafür tun, dass Sie Ihre Gabe, Ihr Talent ausleben und so lange wie möglich Geige spielen können.“
Der Arzt sah, wie dem Patienten die Tränen kamen. Es rührte ihn, er räusperte sich und sagte professionell:
„Prima, dann bleiben Sie bitte bei der Medikation. Haben Sie noch Fragen?“
„Nein, aber ich wollte Ihnen danken.“

„Aber Sie müssen mir doch nicht danken." Der Arzt schüttelte freundlich den Kopf.
„Doch, doch. Und das alles, obwohl ich mich das letzte Mal so danebenbenommen habe. Wofür ich mich nochmals entschuldigen möchte!"
„Aber Herr Hochmann, Sie..."
„Nein, nein!", unterbrach ihn der Patient, der jetzt richtig Fahrt aufgenommen hatte. „Das war nicht in Ordnung von mir und ich bin Ihnen für Ihre Nachsichtigkeit dankbar."
Der Arzt wollte gerade etwas antworten, als der Patient die Hand hob, um ihn zu stoppen. „Sie sind ein sehr, sehr guter Arzt!"
„Schön, dass Sie Vertrauen zu mir haben. Das ist sehr wichtig für die weitere Behandlung. Es freut mich." Der Arzt war aufgestanden und reichte dem Patienten lächelnd seine Hand zum Abschied.
„Wir sehen uns in vier Wochen wieder – außer natürlich, es ist irgendetwas, dann melden Sie sich bitte und wir machen kurzfristig einen Termin aus."
„Danke, Herr Doktor."
Der Arzt stellte sich ans Fenster und wartete, bis er den Patienten die Straße überqueren sah. Ab sofort war er im Team „Hochmann". Und das war gut so. Denn sein

Patient hatte noch einen langen, schwierigen Weg vor sich – und er würde ihn darauf begleiten.

Kommen sich die beiden näher?

Die Tage vor dem Treffen mit Clara waren für Hochmann Himmel und Hölle zugleich. Er befand sich in einem totalen Ausnahmezustand. Das Gespräch nach so vielen Jahren und insbesondere das Ergebnis waren für ihn elementar wichtig, vielleicht sogar lebenswichtig. Er war so nervös wie vor einer Premiere. Ihm ging alles Mögliche durch den Kopf. Frank Hochmann stand in seine Küche, kochte Kaffee und stellte sich Fragen:

„Was ziehe ich an?"
Er wollte nicht zu geschniegelt aussehen, aber auf keinen Fall leidend. Puh. Ihn, der sich um seine Garderobe sonst keine Gedanken machte, stellte das vor ein nahezu unlösbares Problem.
Nachdem er den ganzen Kleiderschrank ausgeräumt und wirklich jede Kombination ausprobiert hatte, fiel seine Wahl auf Jeans mit Lederjacke – also genau das, was er sowieso jeden Tag trugt. ‚Man kann halt nicht aus seiner Haut', dachte er.

„Geschenk, Blume oder was?"
Diese Frage war schneller beantwortet als die erste. Seine Mutter hatte ihm einen Wappenring hinterlassen. Ihn zierte ein sehr großer Mann. In einer Hand hielt er

ein Gewehr, in der anderen eine Leine, an der ein großer Hund oder Wolf angebunden war. Mutter hatte ihm immer erzählt, dass dies der Ursprung seiner Familie sei und sein Nachname genau von diesem Wappen herrührte. Großer Mann = Hochmann. Er wusste nicht, ob das stimmte, wollte die Wahrheit als Kind vielleicht auch gar nicht wissen. Alles sollte so bleiben wie es war, es beruhigte ihn, gab ihm Sicherheit.

„Was sage ich ihr?“
Hochmann zählte auf: „Ich brauche jemanden, der das mit mir durchsteht. Ich werde ihr von meinen Ängsten und Hoffnungen erzählen. Ich werde ganz offen und ehrlich sein. Ich möchte, dass sie Teil meines Lebens wird, endlich wieder. Ich werde sie in den Arm nehmen und ihr sagen, wie sehr sie mir gefehlt hat. Ich werde wieder glücklich sein. Ich werde wieder leben. Ich, ich...“
Tränen rannen ihm über die Wangen. Er badete im Selbstmitleid und war, wie so oft, nur mit sich selbst beschäftigt. Wie geht es Clara? Was möchte sie? Wichtige Fragen, die ihm nicht in den Sinn kamen. Er dachte nur an sich selbst.

Hochmann wischte sich die Tränen ab und plötzlich fiel ihm sein Arzt Dr. Schneider ein. ‚Komisch, er spielt eine so wichtige Rolle in meinem Leben, und dennoch weiß ich nichts über ihn. Hat er Familie? Bestimmt ist er glücklich verheiratet. Er ist bestimmt ein besserer Vater, als ich es gewesen bin. Er strahlt so etwas Beruhigendes aus.' Und vor allem schien er mittlerweile zu verstehen, wie wichtig Musik für ihn ist.
‚Für Dr. Schneider gibt es bestimmt auch etwas, das ihm so wichtig ist.'
Irgendwie hatte er sich in den letzten Wochen verändert. ‚Komisch. Wir haben uns beide verändert, sind nicht mehr die gleichen Menschen, die wir früher waren. Vielleicht ist auch dem Arzt etwas Schlimmes passiert', dachte Frank Hochmann. Am Anfang war er noch sehr distanziert und jetzt ist er irgendwie sensibler geworden. Manchmal scheint er verletzlicher zu sein. Er ist bestimmt ein guter Arzt, keine Frage, das war er bestimmt schon immer. Aber jetzt? ‚Ich fühle mich ihm irgendwie verbunden. Eigenartig. Ich möchte ihn wirklich näher kennenlernen.' Vielleicht ergibt sich bei seinem nächsten Auftritt eine gute Gelegenheit.

Hochmanns Veränderung drückte sich vornehmlich beim Geige spielen aus. Er wurde wieder sicherer, das stärkte sein Selbstbewusstsein, was ihn wiederum noch sicherer machte und so weiter.
Entscheidend für seinen Zustand war allerdings Clara. Vielleicht hat diese verdammte Krankheit auch einen verdammten Sinn. Vielleicht würde sie ihn zurück zu Clara bringen und sie zurück zu ihm.
Sie verabredeten sich in einem Café am Wiener Platz, nicht weit von ihrer Wohnung.
Der Vater positionierte sich 15 Minuten früher als verabredet gegenüber vom Café. Er versteckte sich dort zwischen Ständen mit Obst und Gemüse.
Er war unsicher, wollte einen Vorsprung, wollte... Er war einfach unglaublich aufgeregt. Sollte in seiner Krankheit auch etwas Gutes liegen? Führte sie ihn zurück zu seiner Tochter? War Parkinson der Preis, den das Schicksal ihm auferlegt hatte, den er zu zahlen hatte, um seine Tochter wieder zu sehen, wieder eine Beziehung zu ihr aufzubauen?
Noch fünf Minuten. Zehn Jahre waren eine verdammt lange Zeit. Vielleicht hat sie...

„Woin Sie nua schaugn oda derfs a wos sei?" Die Marktfrau sah ihn auffordernd an und richtete die Äpfel in der Steige zurecht.
„Nun ja, klar, gerne, zwei Äpfel bitte." Hochmann versuchte, das Café nicht aus den Augen zu verlieren.
„Zwoa Äpfi, bittschön!"
Hochmann zahlte. Als er sich wieder umdrehte, sah er sie. Claras schwarzes Haar war kurz geschnitten, sie trug eine Brille, ihre Hände steckten in den Taschen eines Trenchcoats, der ihr viel zu groß war. Sie sah sich um, suchte ihn.
„Ja woin si die Äpfi ned a mitnehma?" Die Marktfrau schüttelte den Kopf, Hochmann war einfach losgelaufen.
„Ja, ja, danke", stammelte er, den Blick fest auf seine Tochter gerichtet. Er schnappte die Tüte und ging über die Straße zu Clara, die bereits draußen Platz genommen hatte.
Er musste seinen ganzen Mut zusammennehmen. ‚Am besten ich gebe ihr gleich den Ring', dachte er. Er wühlte in seinen Taschen, aber fand ihn nicht. Panik überkam ihn. ‚Ich werde das Geschenk doch nicht etwa zu Hause liegengelassen haben? Oder?' Noch einmal

durchsuchte er verzweifelt seine Taschen. Nichts. Vergessen. Er dreht sich hilfesuchend um und wollte...
„Papa?“ Ihm lief ein Schauer über den Rücken.
„Papa, hier sitze ich!“ Diese Stimme.
Er drehte sich zu seiner Tochter um, ging zu ihrem Tisch und setzte sich zu ihr.
„Clara, ich bin so, Clara!“ Seine Augen füllten sich langsam, aber unaufhaltbar mit Tränen, ihr Gesicht löste sich wie ein zerlaufendes Gemälde auf. Er wischte sich über die Augen.

Auch Clara Hochmann hatte der Anruf ihres Vaters ziemlich aus der Bahn geworfen.
Die letzten Jahre hatte sie versucht, nicht an ihn zu denken, zu akzeptieren, dass er nicht mehr für sie da war. Das Bild, wie er wie ein Wahnsinniger mit dem Cello in den Garten rennt und es verbrennen möchte, wollte nicht aus ihrem Kopf gehen. Mit ihrem damaligen Freund Lars war es natürlich längst aus. Er hatte Angst vor diesem „Maniac“, wie er ihren Vater seitdem nannte, und suchte sich ein Mädchen aus einer „normalen Familie“.
Neuen Freunden erzählte sie meist, dass ihr Vater gestorben sei. Und dann rief er einfach so an.

Sie war ergriffen, aufgewühlt und aber auch verärgert gewesen. Warum hatte er es aufgegeben, Kontakt zu ihr zu suchen? Klar, sie hatte ihn immer wieder abgewiesen. Aber ein liebender Vater gibt doch nicht auf! Oder? Er hatte soviel verpasst.
Ihren Uniabschluss, das Jahr in Indien, die..., er hatte aufgehört, an ihrem Leben teilzunehmen. Wusste er eigentlich, dass Mama gestorben war? Wie sie elendig an Krebs starb und wie Clara sie gepflegt hatte? Und vor allem: Wusste ihr Vater, dass er Opa geworden war, von einem wundervollen Mädchen mit dem Namen Maria, nach der Oma, seiner Ex-Frau?
„Ich bin so froh, dass wir uns sehen. Wir hätten uns schon viel früher, ich meine ich hätte dich schon viel früher anrufen sollen." Frank Hochmann sah seine Tochter verlegen an. Er hoffte auf Absolution – aber seine Clara sagte nichts, sah ihn nur an.
„Ich habe in den letzten Jahren immer an dich gedacht", fuhr er fort und sah dabei auf den Boden. „Bei mir ist so viel passiert. Ich habe..." ‚So war es immer', dachte sie, während sie ihren Vater ansah. ‚Ich, ich, ich. Er ist nur an sich interessiert.'
Als hätte er ihre Gedanken gelesen, fragte er: „Spielst Du eigentlich noch Cello?"

Sie schüttelte den Kopf. „Nein, seit damals nicht mehr."
Er zuckte zusammen: „Das tut mir leid. Ich war damals in einer schwierigen Phase."
„Papa, du bist so lange ich mich erinnern kann, *immer* in einer ‚schwierigen Phase'!"
Das Gespräch verlief nicht so, wie es sich der Vater vorgestellt hatte. Clara war so distanziert. Er hatte auf eine Umarmung gehofft, nein, er hatte sie erwartet. Gut, ein bisschen spröde war sie ja schon als Kind.
Das Gespräch verlief genauso, wie es sich die Tochter vorgestellt hatte. Ihr Vater tat fast so, als wäre nichts passiert. Sie hatte auf ehrliches Interesse gehofft, nein, sie hatte es erwartet. Gut, ein Egoist war er ja schon früher gewesen.
Beide schwiegen. Beide spürten, dass sich die Distanz zwischen ihnen vergrößerte, statt zu verringern.
„Warum hast du mich eigentlich angerufen, Papa? Warum?"
„Ja, äh, ich wollte dir was sagen, dir..."
„Was willst du mir sagen?"
„Es fällt mir nicht leicht, ich habe ja sonst niemanden, darum, aber vielleicht..."
„Papa! Jetzt rück damit raus!" Die Tochter wurde ungeduldig, sie wollte endlich wissen, was er wirklich

wollte. Bestimmt hatte es mit einem neuem Engagement zu tun oder so.

„Ich bin krank." Sie konnte ihren Vater kaum verstehen, so leise hatte er es gesagt.

„Krank? Wie krank?"

„Sehr krank."

„Krebs?"

„Nein, nicht so eine Krankheit."

Clara sah in entgeistert an. Das war der Tropfen, der das Fass zum Überlaufen brachte.

„Nicht so eine Krankheit? Also nicht so eine Krankheit, wie sie Mama hatte? Nicht so krank, dass ich dich monatelang pflegen muss? Nicht so krank, dass ich dir in deiner letzten Stunde die Hand halten muss? Nicht so krank, dass…"

„Maria ist tot?" Er sah sie überrascht an.

„Ja, Mama ist tot. Seit vier Jahren. Aber du interessierst dich ja nur für dich. Und stell dir vor, du bist Opa. Ja, ich habe eine Tochter, sie heißt Maria, nach Mama." Clara war aufgestanden und wurde immer lauter, die Leute an den anderen Tischen sahen zu ihnen rüber. Frank Hochmann war das peinlich. ‚Ist ja gut', dachte er, ‚jetzt setz dich doch und rede leiser.'

„Immer nur ‚Ich, ich, ich'! Bei dir ist so viel passiert? Bei mir auch, der ganzen Welt ist etwas passiert. Aber du glaubst ja, die Welt dreht sich nur um dich!"
Clara stand da und schrie ihren Vater an.
„Leb du dein Leben und lass mich meines leben!"
Sie ging nicht, sie rannte weg, blieb plötzlich stehen, blickte noch mal zurück und sagte ganz leise, zischte es fast: „Und ruf mich nie wieder an!"
Frank Hochmann hätte im Erdboden versinken können. Die anderen Gäste tuschelten und sahen zu ihm rüber. Er stand ruckartig auf und ging die Wiener Straße hinunter in Richtung Innenstadt. Nur weg.
Als er weit genug von dem Café fort war, ließ er sich erschöpft auf einer Bank nieder.
Was war denn gerade passiert? Er hatte doch nur... Warum... Er war doch krank...
Ihm wurde klar, dass er allein war. Nun wirklich ganz allein. ‚Ich habe eine Enkelin', schoss es ihm kurz durch den Kopf. ‚Ich werde sie nie kennenlernen.
Gut, dass ich noch meine Musik habe', versuchte er sich zu trösten. ‚Nur, wie lange habe ich die wirklich noch?', fragte er sich und sah auf seine zitternde Hand. ‚Was, wenn ich die auch noch verliere?' Ein kalter Schauer lief

ihm über den Rücken. ‚Was heißt denn, wenn, wann ist die Frage.'
Voller Selbstmitleid und Angst erhob er sich mühsam von der Bank und wankte seiner nicht aufzuhaltenden Zukunft entgegen.

Die nächsten Tage waren eine Qual für Frank Hochmann. Er war in ein tiefes Loch gefallen, aus dem er keinen Ausweg sah. Sein Freund Martin versuchte ihn aufzuheitern und aufzubauen, aber ohne Erfolg.
Niemand konnte ihn erreichen. Es war, als würde der Patient abgeschottet in seiner eigenen Welt leben.
Die einzige wirkliche Verbindung in die Realität, die einzigen Momente, in denen man ihn erreichen konnte, waren die Proben für die große Wagneroper.
Er versäumte keine Probe, übte den ganzen Tag klammerte sich an diesen einen Strohhalm. Nur, das Zittern wurde plötzlich wieder stärker und er hatte an schlechten Tagen große Mühe, mitzuhalten. Er blieb dann bei seiner Taktik, die für ihn schwierigen Teile der Partitur leiser zu spielen und sich so zu verstecken. Damit konnte er natürlich weder Maestro Manzini noch seine Orchestermitglieder wirklich täuschen.

Wie ein Wahnsinniger fieberte er der Premiere entgegen. Es würde sein letzter Auftritt sein, das spürte er genau. Da wollte er es allen noch einmal zeigen. Nicht zuletzt sich selbst. Er wollte zeigen, dass er durch die Krankheit zu keinem Menschen zweiter Klasse geworden war. Er wollte einmal noch brillieren. Dazu musste es aber mit dem Zittern besser werden. Also vereinbarte er einen Termin bei seinem Arzt.

Kommen sich die beiden näher?

Marina entging die Veränderung ihres Mannes nicht. Täuschte er nur etwas vor, oder war es ihm ernst?
Die ersten Tage waren fürchterlich. Da hatte er in Selbstmitleid gebadet und war weder ansprech- noch erreichbar. Es war schrecklich.
Doch irgendwann wurde er ruhiger, nachdenklicher und zu ihrer großen Überraschung wollte er wissen, wie es dazu kommen konnte. Er klagte nicht mehr darüber, dass sie fremdgegangen war, sondern interessierte sich dafür, was sie dazu getrieben hatte. Er fragte sie sogar, welche Fehler er gemacht hatte. Er reflektierte, sah sich nicht mehr als das arme Opfer, sondern auch als Mittäter, als Auslöser.
Es waren gute Gespräche, reinigende. Mit der Zeit öffneten sie sich immer mehr, sprachen immer offener über ihre Gefühle, Sorgen, Ängste und Enttäuschungen.
Eines Abends, sie saßen bei Kerzenlicht gemütlich zum Essen, als er begann von seiner Arbeit zu reden:
„Ich würde dir gerne von einem Patienten von mir erzählen. Hast du Lust?"
Das wunderte sie sehr, denn er hatte schon seit Jahren nicht mehr von seinen Patienten gesprochen. Früher, als sie sich kennengelernt hatten, war das noch anders gewesen.

Da hatte er viel von seinen Patienten erzählt, und wie er ihnen helfen wollte. Er war dabei immer leidenschaftlich und auch ein wenig naiv gewesen. Er hatte vom Nobelpreis geträumt und sich gleichzeitig für seine Vermessenheit geschämt. Sie liebte ihn dafür. Damals und heute.
„Gerne, natürlich."
Im Kerzenlicht sah er viel jünger aus, fast so wie früher. Sie sah ihn auffordernd an, er lächelte zurück und begann:
„Er ist Violinist und wir haben vor ein paar Wochen Parkinson bei ihm diagnostiziert. Sein ganzes Leben verändert sich damit auf einen Schlag. Seine größte Angst ist, dass er nicht mehr Geige spielen kann. Die Musik ist das Wichtigste für ihn. Noch nie hat er von seiner Familie erzählt, von Freunden oder etwas anderem. Nur von seiner Musik."
Marina warf ein:
„Ist das nicht nachvollziehbar, verständlich? Seit Jahren, wahrscheinlich seit frühester Kindheit, spielt er sein Instrument und hat das bisher als Selbstverständlichkeit angesehen. Es hat sein Leben ausgefüllt, ihm Sicherheit und Heimat gegeben. Jetzt, wo es ihm genommen werden soll, ist er verzweifelt, stürzt seine Welt

zusammen. Und soviel ihm seine Musik auch gegeben haben mag, sie hat ihm bestimmt auch die Zeit genommen, eine Familie oder Freunde zu pflegen und halten."
Horst Schneider blickte traurig aus dem Fenster, kaum hörbar sagte er: „Da geht es ihm wie mir."
„Was hast du gesagt, Horst?" Marina hatte ihn nicht verstanden.
Mit Tränen in den Augen, für die er sich nicht schämte, drehte er sich zu seiner Frau:
„Bei mir bist du es, die ich als selbstverständlich angesehen habe. Ich möchte keine Ausreden suchen, aber die Medizin hat mir nicht nur viel gegeben, sie hat mir auch die Zeit genommen, mich mehr um dich und unseren Sohn zu kümmern. Jetzt, wo alles zusammenbricht, bin ich verzweifelt."
Sie nahm ihn vorsichtig in die Arme. Es war die erste Zärtlichkeit zwischen den beiden seit einer sehr langen Zeit und sie fühlte sich gut an. Er ließ es still und regungslos geschehen, traute sich nicht zu bewegen. Ihre Hände streichelten sein Haar. Es war ganz ruhig im Zimmer.
‚Hoffentlich zieht er aus der Umarmung keine falschen Schlüsse', schoss es ihr plötzlich durch den Kopf, als er

sich schließlich traute, sie ebenfalls zu streicheln. Sicherheitshalber löste sie sich von ihm und hakte nach:
„Kannst du ihm helfen? Dem Patienten meine ich?"
Er putzte sich leise die Nase und antwortete:
„Helfen? Nun ja, ich kann ihm das Leben erträglicher machen, aber Parkinson kann ich nicht heilen. Niemand kann das." Er machte eine kurze Pause und fragte:
„Meinst du, dass es für mich, für uns, noch Hoffnung gibt?"
Sie zögerte einen Moment mit ihrer Antwort, sie wollte nicht lügen:
„Horst, ich weiß es nicht. Ich weiß es wirklich nicht."
Er sah wieder zum Fenster raus, räusperte sich und sagte: „Weißt du, was komisch ist? Ich bin auf eine ganz sonderbare Art und Weise erleichtert, dass es so gekommen ist."
„Wieso?"
„Es ist verrückt, ich bin natürlich in meinem männlichen Ego verletzt. Aber ich fühle mich auch irgendwie stärker und jünger. Weißt du noch, wie idealistisch ich früher war? Ich wollte meinen Patienten helfen. Ich meine, richtig helfen, sie unterstützen, ihnen zur Seite stehen. Das alles ist mir in den letzten Jahren verlorengegangen. Meine Arbeit war für mich nur noch

Routine. Ich bin immer mehr abgestumpft, habe mich mit den Patienten nicht mehr *wirklich* beschäftigt.
Dein Fremdg... dein, ich meine, diese Situation hat mich, der Schock hat mich aufgeweckt. Ja, ich bin jetzt wacher, mich interessieren die Schicksale der Patienten wieder, ihr Hintergrund. Verstehst du, was ich meine?"
Marina hatte erstaunt zugehört.
„Ja klar, du kümmerst dich jetzt...?"
Er redete weiter, als hätte er keine Frage gestellt, ihr gar nicht zugehört. Er war ganz in seine Gedanken versunken und schaute in die dunkle Nacht hinaus.
„Dieser Hochmann zum Beispiel. Ich spüre, dass er an einem Wendepunkt steht, nicht nur, weil er krank ist, sondern weil die Krankheit etwas mit ihm macht. Das ist immer so, jedem ergeht es so. Aber wir Ärzte machen uns nicht die Mühe, danach zu fragen, zwischen den Zeilen zu lesen. Wenn ein Patient zu mir in die Praxis kommt, sich in meine Hände begibt, dann übernehme ich doch eine Verantwortung für ihn? Oder nicht?"
Auch auf diese Frage erwartete er keine Antwort, sie schwieg.

„Es ist eine Verbindung zwischen zwei Menschen." Horst Schneider zögerte kurz und fuhr fort: „So wie bei uns beiden. Auch wir haben, als wir heirateten, für uns gegenseitig die Verantwortung übernommen."
Marina Schneider sah ihren Mann an, als würde sie ihn das erste Mal sehen.
Er hatte sich wirklich verändert, viel nachgedacht – er war wieder mehr der junge Assistenzarzt, in den sie sich verliebt hatte. Sie stammelte:
„Ja, klar, wir sind füreinander verantwortlich, ich meine, wir sollten auf uns aufpassen und..."
„Und genau das haben wir eben nicht mehr gemacht." Er sah ihr jetzt direkt in die Augen.
„Ich habe dich vernachlässigt, nicht auf dich aufgepasst. Und du, naja du bist fremdgegangen und hast damit auch nicht auf uns aufgepasst. Das möchte ich nicht mehr. Nicht in unserer Beziehung – und nicht in der Beziehung zu den ‚Hochmanns' in meiner Praxis."
Horst und Marina Schneider sahen sich an. Jeder von ihnen dachte daran, was dem anderen jetzt wohl durch den Kopf geht. Sie konnten es nicht erkennen.
Jeder von ihnen hätte in diesem Moment so gerne etwas Wichtiges, Versöhnliches, Hoffungsvolles gesagt, aber es fiel ihnen nichts ein. Sie brauchten beide noch Zeit.

Horst löschte die Kerzen aus und beide gingen ins Schlafzimmer. Sie in ihres und er in seins.

Marina fühlte sich erleichtert. Die Affäre mit Thomas war eine Trotzreaktion auf die Gleichgültigkeit ihres Mannes gewesen. Tief im Inneren hatte sie sich immer unwohl dabei gefühlt. Und jetzt, da Horst alles zu unternehmen schien, um ihre Beziehung zu retten, wollte sie ihren Beitrag leisten und mit Thomas Schluss machen. Horst hatte es nicht von ihr verlangt und gerade das bestärkte sie in ihrem Entschluss. Aber es würde nicht einfach werden.
Marina stieg die Stufen zu seiner Wohnung diesmal besonders langsam hinauf und verzichtete auf das Spiel mit den Mieternamen. Sie hatte ihm am Telefon nicht gesagt, warum sie ausnahmsweise heute, an einem Sonntag, zu ihm kommen würde. Thomas hatte sich diebisch gefreut und erwartete sie sehnsüchtig. Er interpretierte die Situation vollkommen falsch. Wenn sie am Sonntag kommt, dann konnte das nur Gutes bedeuten, dachte er. Vielleicht hatte sie es ja endlich ihrem Mann erzählt und würde sich von ihm trennen. So hatte er Champagner besorgt und Rosenblätter verteilt, die den Weg zum Schlafzimmer wiesen.

Erwartungsvoll stand er in der Tür und sah ihr entgegen.
„Marina!“ Er lachte. „Heute lässt du dir aber besonders viel Zeit!“
Er drückte sie fest an sich, als sie endlich oben angekommen war, und versuchte sie mit voller Leidenschaft zu küssen. Sie wehrte ihn vorsichtig, aber bestimmt ab, drehte ihr Gesicht zu Seite.
„Na, dann komm erstmal rein!“ Seine gute Laune war ungebrochen. „Gib mir deine Jacke.“
„Ich bleibe nur ganz kurz, ich muss gleich wieder weg.“
Die letzten Tage hatte sie diese Situation immer und immer wieder im Geiste durchgespielt.
Horst war ihre erste wirkliche Beziehung und sie hatte noch nie mit jemandem Schluss gemacht. Vor dem Spiegel hatte sie trainiert, versucht selbstsicher und bestimmt zu sein, ohne zu verletzen.
Am Telefon oder per SMS wollte sie es ihm nicht sagen, auch wenn das sicher der einfachste Weg gewesen wäre.
Auf jeden Fall stand sie jetzt da, sah in seine fragenden Augen und es war alles weg und vergessen.
„Warum? Ich meine, was ist denn los?“ Thomas lächelte jetzt nicht mehr.

„Komm, wir setzen uns einen Moment." Sie führte ihn in die Küche und sah die Rosen und das Schlafzimmer. Der Sex mit Thomas war nie so schön gewesen, wie früher mit Horst.

Es war schon verrückt. Zu Hause hatte sie der eigene Ehemann mit Sex bedrängt und sie war in eine Beziehung geflüchtet, in der es, wenn sie ehrlich war, letztlich auch nur um Sex ging. Die Blumenspur bestärkte sie in ihrem Entschluss, dem Ganzen ein Ende zu machen.

Als sie sich an den Küchentisch gesetzt hatten, nahm sie seine Hand und sagte:

„Thomas, du bist ein wunderbarer Mensch und wir hatten eine so schöne Zeit, eine Zeit die ich nicht missen möchte. Aber jetzt ist das vorbei, wir müssen unsere Beziehung beenden. Wenn du ehrlich bist, war dir das auch von Anfang an klar. Du brauchst eine junge Frau, mir der du eine Familie gründen kannst, keine Frau, die deine Mutter sein könnte."

Sie hatte diese Worte so gut wie auswendig gelernt. Sein Gesicht wurde immer blasser. ‚Nicht aufhören', dachte sie, ‚weiter im Programm.'

„Lass uns vernünftig sein und Freunde bleiben. Wie gut eine Beziehung war, zeigt sich in der Regel daran, wie man auseinandergeht."
Er starrte sie fassungslos an: „Wie? Warum, ich meine, was hab ich denn falsch gemacht, ich, nein ich möchte das nicht!"
Zu Hause vor dem Spiegel war Marina verschiedene Reaktionen von ihm durchgegangen. Von wütend bis verständnisvoll. So wie Thomas allerdings jetzt reagierte, war es mit Abstand am schwierigsten.
„Du hast gar nichts falsch gemacht." Sie streichelte seine Hand. „Es liegt an mir. Ich muss mein Leben wieder in den Griff bekommen, ich..."
„Aha." Er entzog ihr seine Hand und sah sie wütend an. „Du gehst also wieder zu deinem Mann. Hast wohl vergessen, dass du für ihn nur noch Luft bist!"
„Es hat nichts mit Horst zu tun", log sie. „Es geht hier um mich, verstehst du? Nicht um euch Männer. Bitte respektiere..."
„Nichts mit Horst zu tun", äffte er sie nach und stand auf. „Was denn sonst? Fickt er dich wieder? Ja, ist es das?"
Warum interessiert die Männer immer nur der Sex? Warum sehen sie nichts anderes?

„Tut mir leid, dass du so denkst, ich wollte so gerne im Guten mit dir auseinandergehen.“ Marina war aufgestanden, wollte die Wohnung verlassen.
Er stelle sich ihr in den Weg und rief mit hochrotem Kopf: „Weißt du, was ich mache? Ich werde deinen lieben Horst anrufen und ihm erzählen, was wir hier alles für Spielchen gemacht haben.“
„Lass mich bitte durch.“
Sie schob ihn zu Seite. Wenn es ganz schlecht läuft, dann droht er, mit Horst zu sprechen, hatte sie sich im Vorhinein gedacht. Dann hilft nur noch die Flucht.
Er wollte sie zurückhalten, hielt die Wohnungstür mit einer Hand zu, mit der anderen griff er ihr zwischen die Beine.
„Komm, einen Fick noch, du Nutte!“
Sie konnte sich befreien und die Tür öffnen. Ohne sich umzudrehen, rannte sie die Treppen hinunter.
„Das wirst du noch bereuen, das wirst du noch bereuen!!“, schrie er ihr hinterher.
Marina beachtete es nicht und rettete sich auf die Straße, lief rechts herum Richtung Rosenheimer Landstraße und hielt erst an, als sie den Taxistand erreicht hatte.

Kann ihm noch geholfen werden?

Der Patient musste diesmal warten, es war ihm aber egal. Zeit hatte für ihn nicht mehr die gleiche Bedeutung wie früher. Er starrte auf die Indienbilder im Wartezimmer. Indien, stimmt, da wollte er immer hin. Jetzt konnte er nicht mehr. Vorbei, wie vieles. Vorbei, wie alles.
„Herr Hochmann, bitte!“
Der Patient erhob sich langsam aus dem Stuhl im Wartezimmer. Er verspürte seit geraumer Zeit starke Schmerzen im Rücken.
Dr. Schneider empfing ihn besonders freundlich:
„Hallo Herr Hochmann, setzen Sie sich. Wie geht es Ihnen denn?“
„Guten Tag Herr Doktor.“
Der Patient erzählte dem Arzt von den Krämpfen und dem Zittern.
„Mit den Krämpfen und den Schmerzen im Rücken komme ich zurecht, aber das Zittern muss aufhören. Sie wissen ja, dass ich in 14 Tagen das Wagner...“
„Ja, natürlich. Meine Frau und ich werden auch da sein. Das lassen wir uns doch nicht entgehen!“ Der Arzt zwinkerte dem Patienten verschwörerisch zu.
Der reagierte nicht, sondern wiederholte sein Problem.

„Da machen Sie sich mal keine Sorgen", antwortete der Arzt. „Wir haben noch einige Pfeile im Köcher. Zuerst einmal erhöhen wir das Levodopa." Er machte sich ein paar Notizen. Der Patient merkte nicht, dass ihn der Arzt die ganze Zeit über genau beobachte.
Der Arzt lehnte sich zurück und sah ihm in die Augen:
„Wie geht es Ihnen denn sonst? Ich meine stimmungsmäßig?"
Der Patient musste sich zusammenreißen. ‚Stimmungsmäßig? Ich bin am Boden, fertig, alleine, krank, ohne Hoffnung.'
„Gut, ganz gut", log der Patient und versuchte ein überzeugendes Lächeln.
„Depressive Phasen sind vollkommen normal bei Ihrem Krankheitsbild. Auch hier..."
„Ich sagte doch, dass es mir gut geht!", antwortete der Patient gereizt und etwas zu laut. Der Arzt zuckte nicht einmal. Er schien so etwas täglich zu erleben.
„Hören Sie, Herr Doktor!"
Der Patient bemühte sich, ruhig zu bleiben.
„Was ich brauche ist etwas, damit ich Geige spielen kann!"
„Herr Hochmann, das werden wir probieren. Aber Sie werden sich leider mit dem Gedanken vertraut machen

müssen, dass Sie nicht mehr ewig Geige spielen können. Parkinson, Morbus Parkinson ist eine degenerative Erkrankung. Es wird also nicht besser werden."
Der Patient sah den Arzt ausdruckslos an. Das wusste er ja alles. Verstand dieser Mensch nicht, dass er nur noch etwas für diesen einen Auftritt brauchte?
„Ab wann kann ich die Levodopa in welcher Höhe nehmen?"
Der Arzt erklärte ihm die Einzelheiten. Der Patient stand auf.
„Ich würde Sie gerne gleich nach der Oper sehen. Lassen Sie sich doch einen Termin draußen geben."
„Natürlich. Das Rezept bekomme ich vorne."
„Ja, das liegt für Sie bereit. Auf Wiedersehen Herr..."
Doch da hatte der Patient bereits das Ärztezimmer verlassen.

Kann er ihm noch helfen?

Als der Arzt den Namen „Frank Hochmann“ auf seinem Display als nächsten Patienten angekündigt sah, freute er sich. Er war hochmotiviert, erwartungsfroh. Er wollte heute etwas mehr von ihm erfahren, hinter die Fassade blicken.
Da kam er schon ins Ärztezimmer.
„Hallo Herr Hochmann, setzen Sie sich. Wie geht es Ihnen denn?“
„Guten Tag Herr Doktor.“
Auf den ersten Blick sah der Arzt, dass es seinem Patienten schlecht ging. Der berichtete von seinen physischen Leiden, das war schon schlimm. Aber der Arzt sah noch etwas ganz anderes in den Augen des Patienten: eine Leere. Irgendetwas war anders seit seinem letzten Besuch. Um ihm helfen zu können, wäre es gut zu wissen, was vorgefallen war.
Der Patient schloss seine Beschreibung:
„Mit den Krämpfen und den Schmerzen im Rücken komme ich zurecht, aber das Zittern muss aufhören. Sie wissen ja, dass ich in 14 Tagen das Wagner...“
Der Arzt stimmte ihm zu: „Ja, natürlich. Meine Frau und ich werden auch da sein. Das lassen wir uns doch nicht entgehen!“ Er zwinkerte ihm zu.

Das passte nun so überhaupt nicht zu ihm, aber er wollte eine Nähe herstellen. Der Patient schien es nicht gesehen zu haben. Er erzählte weiter von seinen Beschwerden und bat um die richtige Medikation, um die Premiere erfolgreich zu bestehen.
‚Komisch', dachte der Arzt, ‚warum spricht er nur von der Premiere?'
Zuerst einmal wollte er den Patienten beruhigen:
„Da machen Sie sich mal keine Sorgen", antwortete der Arzt. „Ich habe noch einige Pfeile im Köcher. Zuerst einmal erhöhen wir das Levodopa."
Der Patient hörte teilnahmslos zu. Nein, da stimmte etwas nicht. Der Arzt lehnte sich zurück, sah dem Patienten direkt in die Augen und fragte:
„Wie geht es Ihnen denn sonst? Ich meine stimmungsmäßig?"
Das Gesicht des Patienten zuckte ein paar Mal, dann lächelte er kläglich und sagte:
„Gut, ganz gut."
Man musste kein Arzt sein, um zu sehen, dass er log.
Behutsam erklärte er:
„Depressive Phasen sind vollkommen normal bei Ihrem Krankheitsbild. Auch hier..."

„Ich sagte doch, dass es mir gut geht!“ Der Patient wurde laut.

‚Puh‘, dachte sich der Arzt. ‚Wie kann ich ihm nur helfen?‘

„Hören Sie, Herr Doktor!“, unterbrach der Patient etwas leiser seine Gedanken. „Was ich brauche ist etwas, damit ich Geige spielen kann!“

Der Arzt fragte sich, ob der Patient eigentlich wusste, was die Diagnose Morbus Parkinson bedeutet. Das muss man gleich am Anfang klarmachen, damit sich die Patienten keine unrealistischen Hoffnungen machen.

Schweren Herzens und so einfühlsam wie möglich sagte er:

„Herr Hochmann, das werden wir probieren. Aber Sie werden sich leider mit dem Gedanken vertraut machen müssen, dass Sie nicht mehr ewig Geige spielen können. Parkinson, Morbus Parkinson ist eine degenerative Erkrankung. Es wird also nicht besser werden.“

Die Leere in den Augen des Patienten veränderte sich nicht. Monoton fragte er:

„Ab wann kann ich die Levodopa in welcher Höhe nehmen?“

Nach den Erklärungen, wie er die Medikamente am besten nimmt, sagte der Arzt etwas sorgenvoll und voller natürlicher Hilfsbereitschaft:
„Ich würde Sie gerne gleich nach der Oper sehen. Lassen Sie sich doch einen Termin draußen geben."
Der Patient war schon aufgestanden und schien nicht mehr zuzuhören. Er drehte sich zum Gehen und stellte fest:
„Natürlich. Das Rezept bekomme ich vorne."
„Ja, das liegt für Sie bereit. Auf Wiedersehen Herr..."
Doch da war der Patient schon aus dem Arztzimmer verschwunden.
‚Mein lieber alter Herr Verwalter, um den muss ich mich ernsthaft kümmern', dachte der Arzt. Er fragte sich nicht zum ersten Mal, wie der Patient eigentlich lebt, ob er eine Frau hat, Kinder... ‚Ist er alleine?'
Nachdenklich begann er, vor sich hinzumurmeln. „Das muss ich unbedingt herausfinden, wenn ich ihm ernsthaft helfen möchte. Ich trage die Verantwortung für ihn."

Hoffnung

Halb ohnmächtig stand Frank Hochmann vor der Tür seines Arztes. Er bekam keine Luft. ‚Ich muss etwas unternehmen, jetzt sofort, sonst ist es vorbei.' Erschöpft setzte er sich auf eine Bank. Tränen liefen ihm über das Gesicht.
Er sah in den Himmel. ‚Wenn ich wenigstens meinen Glauben wiederfinden würde', dachte er sich. Frank Hochmann schüttelte den Kopf. ‚Ich war seit Jahren nicht in der Kirche und gebetet habe ich auch nicht. Da kann ich jetzt schlecht Gott um Hilfe bitten.'
Ein Lächeln huschte über sein Gesicht, ein bitteres Lächeln.
Wie ein Boxer, der nach elf Runden aus seiner Ecke in den Ring taumelt und sich der letzten Runde stellt, stand er auf. Ohne Ziel irrte er durch Schwabing. Die Elisabethstraße führte ihn über die Leopoldstraße in Richtung Münchener Freiheit. Plötzlich bog er links in die Kaiserstraße ein und blieb am Kaiserplatz vor der Ursula Kirche stehen. Einen Spalt stand die Tür offen. Er nahm das als Einladung und ging hinein. Warum? Er wusste es nicht. Etwas zog ihn mit ungeheurer Kraft in das Gotteshaus. Eine wage Erinnerung erwachte in ihm; er konnte sie zuerst nicht fassen.

Niemand war da. Er war ganz allein in dem ehrwürdigen Gemäuer.
Mit traumwandlerischer Sicherheit, als wäre er schon viele Male hier gewesen, steuerte er auf die vierte Bank auf der linken Seite zu und setzte sich. Ein warmes Gefühl überkam ihn.
Mit der rechten Hand tastete er die Bank von unten ab. Noch ein Stück nach rechts und ja, dann spürte er die in das Holz geritzten kleinen Kerben. Vor einer Ewigkeit hatte er der Bank an Ostern mit dem Taschenmesser seines Vaters diese Verletzung zugefügt.
Halt. Nein, nein, jetzt fiel es Frank Hochmann wieder ein. Da war auch noch der Michael dabei gewesen. Genau, der Huber Michael. „Ja mei', der Michi", sprach er in Richtung Altar. Der hatte noch Wochen danach ein schlechtes Gewissen wegen der Kratzer gehabt.
Eine Zeitlang waren sie die besten Freunde, spielten zusammen im Schulorchester und machten den Unfug, den man nun mal macht und machen darf, wenn man eine glückliche Kindheit hat.
Ihre Wege trennten sich, als Frank begann, mit Mädchen rumzumachen. Für Michael war das aus irgendeinem Grund nichts. Ihn interessierten auch keine Jungs, obwohl er natürlich dennoch sofort als schwul

gehänselt wurde. Statt in die Disco ging er lieber ins Obdachlosenheim und half dort mit.
Während Frank und seine Freunde ihren Rausch am Samstag ausschliefen, war er schon auf den Beinen und verteilte Essen in der Tafel.
Es war also kein Zerwürfnis, sondern ein langsames Aus-den-Augen-Verlieren, ein eher schleichender Prozess, der ihre Freundschaft auflöste. Vor vielen Jahren hatten sie sich zufällig in München auf der Straße getroffen. Aus dem Lausbub Michael von einst war doch tatsächlich Pater Michael geworden.
Wenn er sich richtig erinnerte, lebte er in einer Benediktinerabtei in Niederbayern. Wie hieß die denn nur? Niederaltbach oder so ähnlich.
Er rutschte von der Bank auf die Knie und faltete die Hände zum Gebet, was er seit Kindertagen nicht mehr gemacht hatte. ‚Wie soll ich nur anfangen', dachte er, ‚und vor allem wo?' Frank Hochmann fand keinen Einstieg, aber er wurde immer ruhiger. Ganz regelmäßig atmete er aus und ein und aus und ein. Die Zeit verstrich, ohne dass er es merkte. So erschrak er fürchterlich, als sich die Hand des Pfarrers ganz vorsichtig auf seine Schulter legte.

„Ganz ruhig, alles gut!" Die Hand des Pfarrers lag noch immer auf seiner Schulter.
„Ich wollte dich nicht erschrecken, nur, wir beginnen jetzt mit den Vorbereitungen für die Messe."
„Entschuldigen Sie", stammelte Frank Hochmann. „Es tut mir leid, ich wollte nur, also, weil...", er stockte und sah dem Pfarrer in die Augen.
„Es ist nur, weil ich so alleine bin und weil ich P....", er stockte erneut.
Das freundliche Gesicht des Pfarrers sah ihn lächelnd an, er fragte: „Weil du was?"
Frank Hochmann senkte seinen Blick zum Boden und bekam kein Wort heraus.
Bei dem Versuch aufzustehen, suchte er an der Bank hinter sich Halt und griff genau an die Stelle mit den Kratzern. Er zuckte, es fühlte sich an, wie ein kleiner Stromschlag. Da wusste er, wem er sich anvertrauen wollte, wer seine Rettung sein könnte.
Er drückte dem Pfarrer fest und herzlich die Hand, bedankte sich und ging aus der Kirche.
Eine Google-Suche später hatte er die Nummer seines alten Freundes herausgefunden, er lebte im Kloster Niederaltaich.

Pater Michael staunte nicht schlecht, als er von Frank Hochmann hörte. Der Pater konnte sich noch sehr gut an das „Wunderkind" erinnern, auf das er stets etwas eifersüchtig gewesen war. Er selbst spielte Cello, aber nicht annähernd so gut wie Frank Violine. Dennoch war die Musik eine Leidenschaft, die beide miteinander teilten und die sie verband.
Also freute er sich aufrichtig, als ihn Frank Hochmann anrief, die alte Vertrautheit stellte sich augenblicklich wieder ein. Nach ein paar allgemeinen Fragen über das Leben des anderen wurde das Gespräch intensiver, tiefer, wesentlicher.
„Und du bist also immer noch im Orchester?" Pater Michael lächelte durch das Telefon seinem alten Schulfreund zu.
„Ja, Musik ist meine Passion! Ohne sie bin ich nichts!" Frank Hochmann antwortet etwas zu heftig und wollte sich dafür entschuldigen.
Michael überhörte das scheinbar und kam ihm mit einer Frage zuvor:
„Nichts? Unsinn. Du hast doch eine Tochter, wie alt ist sie jetzt?"

Frank Hochmann schwieg, er hatte einen Knoten im Hals. Stille. Seine Erfahrung als Seelsorger sagte Pater Michael, dass er einen wunden Punkt getroffen hatte. Vielleicht war Franks Anruf doch nicht ganz so zufällig, wie er sagte. ‚Nun gut, darüber werden wir noch später sprechen können', dachte er und wagte sich vorsichtig weiter.

„Und deine Frau, deine geschiedene Frau, sie heißt doch Maria richtig? Habt ihr noch Kontakt?"

„Maria ist gestorben, vor ein paar Jahren, ich habe es auch erst vor Kurzem erfahren."

„Oh, das tut mir leid, ich werde sie in mein Abendgebet einschließen."

„In mein Abendgebet einschließen?" Frank wiederholte den Satz aufgeregt. „Und dann? Wo ist Dein Gott, wenn man ihn dringend braucht?"

„Ich verstehe, wenn jemand..."

„Ach was, nichts verstehst du. Du weißt nicht wie es ist, unheilbar krank zu sein. Du weißt nicht wie das ist, wenn man nicht mehr man selber ist, nicht mehr machen kann, was man möchte, wenn die anderen dich mitleidig ansehen, wenn, wenn deine eigene Tochter dich nicht mehr sehen möchte..." Frank sank in sich zusammen.

Michael schwieg. Eine ganze Weile hörten beide nur den Freund am anderen Ende der Leitung atmen.
Schließlich fragte Michael:
„Was hast du? Welche Krankheit?"
Frank atmete tief ein und presste ein leises „Parkinson" heraus.
„Das tut mir leid!" Es kam von Herzen und war ehrlich gemeint. Frank war nicht der Erste und bestimmt nicht der Letzte, der sich in seiner Verzweiflung an Pater Michael wandte.
Wieder folgte Stille.
Alle ein es gesagt zu haben, machte es für Frank Hochmann leichter. Eine Blockade löste sich. Er fühlte sich nicht mehr ganz so alleine mit der Krankheit. Jemand teilte sie mit ihm. Ein Stein wurde aus seinem Rucksack genommen. Der Anfang war gemacht.
„Weißt du Michael, ich bin ganz gut eingestellt, wie man sagt. Mein Arzt ist in Ordnung, ich bin da gut aufgehoben."
„Das freut mich, lieber Frank und ich danke dir für dein Vertrauen, dass du es mir erzählt hast. Was ist denn das Schlimmste für dich?"
„Zwei Dinge. Zum einen ist es die Ungewissheit. Eine Parkinson-Erkrankung wird mit der Zeit schlechter.

Degenerativ, wie man sagt. Was wird dann sein? Ich bin alleine. Mit meiner Tochter habe ich mich überworfen und ich weiß nicht, ob ich das wieder in Ordnung bringen kann. Ich werde es zumindest versuchen. Das andere ist, dass ich schon jetzt nur noch eingeschränkt Geige spielen kann. Du weißt, wie wichtig das für mich immer war."
„Und du hast immer so schön gespielt!", warf Pater Michael ein.
„Genau! Das zu verlieren, das..."
Pater Michael schloss die Augen und überlegte.
In den folgenden Tagen sprachen sie regelmäßig miteinander.

Auch wenn Frank Hochmann nie praktizierender Katholik gewesen war, glaubte er an eine höhere Macht, was auch immer das sein konnte. Über die Jahre war das alles in Vergessenheit geraten.
Durch die Gespräche mit Pater Michael kamen diese Gedanken wieder zu Tage und gaben ihm Hoffnung und Stärke. Nach und nach entwickelten die beiden Freunde zusammen einen Plan, einen Ausweg. Frank Hochmann wollte endgültig mit seinem „alten" Leben

abschließen, ohne aber mit dem Leben selbst abzuschließen.
Ein Puzzlestück nach dem anderen legten sie, bis das Bild „Die Zukunft des Frank Hochmann“ konkrete Züge annahm:
Frank Hochmann wird nach dem Auftritt in das Kloster Niederaltaich gehen.
Dort wird er zu sich finden und, ganz entscheidend, weiter der Musik verbunden bleiben können. Denn das Kloster verfügte neben dem bekannten Jungenchor auch über ein Orchester, das, wie es der Zufall wollte, oder besser gesagt, wie Pater Michael es eingerichtet hatte, einen neuen Leiter suchte.

Hoffnung

Marina und Horst Schneider waren auf einem guten Weg, ihre Beziehung in Ordnung zu bringen. Aber alles war noch sehr fragil. Natürlich richtet sich so etwas von alleine nicht wieder ein. Man muss etwas dafür tun, das war beiden bewusst.

Horst.
Er begriff die ganze Geschichte als große Chance. Eine angenehme Ruhe kam über ihn, eine neue Sicherheit und eine Vision, wie sein Leben weitergehen wird. Er würde seine Prioritäten neu ordnen.
Ein Puzzlestück nach dem anderen fügte sich zusammen, bis das Bild „Die Zukunft des Horst Schneider“ konkrete Züge annahm:
Natürlich war da zuerst Marina.
Die Angst, sie zu verlieren, saß noch spürbar in seinen Knochen. Ohne sie wollte er nicht leben, mit ihr war alles schöner und leichter. Ihr wollte er die Aufmerksamkeit widmen, die sie verdiente, ihr die Welt zu Füßen legen. ‚Schön, wenn man jemanden so lieben darf‘, dachte er. Jeder trägt Liebe in sich und die muss raus, die muss jemandem geschenkt werden.
Marina kam aufgewühlt von diesem Thomas heim.

Sie war total durcheinander und sie musste mit jemandem sprechen, einem Vertrauten. Also redete sie mit ihrem Mann darüber.
Horst hörte, innerlich triumphierend, nach außen hin verständnisvoll nickend, zu. Er freute sich, konnte und wollte es auch nicht unterdrücken: Er fühlte sich wieder als Mann. Es entwickelte sich eine neue Nähe, eine Vertrautheit, die beide lange vermisst hatten. Natürlich würde das nicht von heute auf morgen gehen, es würde Zeit brauchen, Marina würde Zeit brauchen. Er war bereit dafür, sie nicht zu drängen, nichts zu fordern, es einfach passieren zu lassen.
Gleich danach auf der Liste: seine Arbeit. Seine neue Einstellung zu seinem Beruf, die ja eigentlich seine alte war, belebte ihn, gab ihm den Spaß zurück, machte seinen Beruf wieder zur Berufung.
Dafür dankte er Marina, denn ohne sie hätte er diesen Weg zurück nicht gefunden. Letztlich war es aber auch sein Patient Frank Hochmann, dem er danken musste. Sein Fall berührte ihn in einer ganz besonderen Weise. Er fühlte sich ihm nah, verbunden. Frank Hochmann hatte ihn wachgerüttelt.

Marina.
Ihr Mann war über seinen Schatten gesprungen, das war ihr klar. Sie hatte ihn mit ihrer Affäre tief verletzt und verunsichert. Trotzdem ist er bei ihr geblieben und mehr noch, er hatte erkannt, was zu ihrer Affäre geführt hatte und darauf reagiert. Horst war auf dem besten Weg, wieder der Alte zu werden, der Mann, in den sie sich vor vielen Jahren verliebt hatte.
Marina wollte ihr Leben neu justieren, neu ausrichten. Zum Beispiel wollte sie wieder arbeiten, aber nicht mehr in einer Vermögensberatung. Sie hatte Erzieherin gelernt und das war auch ihre Berufung. So bewarb sie sich bei einer Kindertagesstätte ganz in der Nähe.
Sie wollte auch auf Horst zugehen. Sie interessierte sich wieder mehr für seinen Beruf und bestärkte ihn darin, seine Patienten als Menschen, nicht als Nummern zu sehen. Das tat ihr und ihrem Mann gut. Außerdem verbrachten sie wieder mehr Zeit miteinander. Abends wurde gekocht und zusammen gegessen. Mittags verabredeten sie sich hin und wieder in der Stadt. Das hatten sie früher öfter gemacht.
Und letztlich hatte sie sogar auch wieder Lust, die Krankenschwester-Uniform aus dem Kleiderschrank zu holen.

Ein besonderer Abend

Die Gespräche mit Pater Michael stärkten Frank. Doch die neue Medikation brauchte Zeit, bis sie voll wirkte, und so wurde der Tremor nicht so schnell besser, wie er gehofft hatte. Es war also zu erwarten, dass er übellauniger und noch introvertierter werden würde als je zuvor. Interessanterweise wurde er aber eher milder und zugänglicher.

Neben den guten und heilenden Gesprächen mit Pater Michael passierte noch etwas.

Es war kurz nach dem letzten Besuch bei seinem Arzt, als er sich nach dem Zähneputzen im Spiegel ansah. Er musterte sich ausgiebig. Wer sah ihn da an? Er wollte diesen Mann kennenlernen. Wer war er? Wo kam er her? Was bewegt ihn?

Zuerst zeichnete er mit den Fingern seine Gesichtszüge, die Nase und Augen, die Wangen und Ohren, die große Stirnfalte nach, die Altersfalten. Er lächelte, als er die Narbe über der linken Augenbraue entdeckte, die er sich auf dem Schulhof zugezogen hatte. Er sah sein Gesicht im Spiegel erwartungsfroh an: ‚Komm, erzähl mir was von Dir!'

Frank Hochmann begab sich auf Entdeckungsreise zu sich selbst.

Sein Spiegelbild antwortete ihm. Schmerzhaft offen, erzählte Frank Hochmann Frank Hochmann, wer er war. Wirklich war.
Alles kam auf den Tisch, nichts wurde verschwiegen, nichts beschönigt. Schonungslos wurden die Gründe für sein Versagen in der Ehe und als Vater offengelegt. Sein Egoismus, seine Flucht vor der Familie, seine einzig wahre Liebe: die Musik; seine Unfähigkeit, in einer Gemeinschaft zu leben und vieles mehr. Der Typ im Spiegel machte keine halben Sachen. Auch nicht als es letztlich um seine Erkrankung ging.
„Was hast du denn nur mit deiner Erkrankung?"
Der Spiegel-Frank sah den ängstlich vor ihm stehenden realen Frank kopfschüttelnd an.
„Na hör mal, ich bin unheilbar krank."
Frank begann zu zittern.
„Sind andere auch, sei doch nicht so ein Weichei! Mach dich gerade! Park..."
„Nein, psst, sprich es nicht aus."
Der echte Frank wand sich wie unter Schmerzen.
Der Spiegel-Frank lachte auf:
„Warum denn das? Meinst du, es wird dadurch besser oder die Krankheit kleiner, wenn du sie nicht aussprichst? Du hast Parkinson. Parkinson gehört zu

dir, wie deine Nase. Du kannst nicht davor weglaufen. Du musst mit Parkinson leben, oder es sein lassen. Aber deine Krankheit ist nun mal eine Tatsache."
„Aber ich habe Angst, ich..."
„Darfst du ja auch, aber das Leben geht weiter, auch mit Parkinson. Verstehst du?"
Sein Spiegelbild hatte Recht: Er konnte vor Parkinson, nicht fortlaufen.
‚Das bin ich also', dachte Frank Hochmann. Er lächelte sich selbst an, grüßte kurz und ging ins Bett.
Ein gutes Gefühl überkam ihn, eine Ruhe und Sicherheit, wie er sie lange nicht mehr gespürt hatte. Er dachte an seine Zukunft im Kloster. Sein Weg lag ganz klar vor ihm.
Das erste Mal seit Langem schlief er gut und fest. Am nächsten Morgen wachte er erholt auf. Gut gelaunt, ja fast vergnügt frühstückte er. Es gab eine Menge zu erledigen. Aber jetzt musste erstmal geübt werden.
Sein Geigenspiel wurde intensiver und ausdrucksstärker. Das fiel auch Maestro Manzini auf. Er lobte ihn jetzt sogar manchmal.
Natürlich lag das an seinem Plan für die Zukunft. Aber es hatte auch noch andere Gründe.

Zum einen hatte sich Hochmann nicht das erste Mal, aber so intensiv wie nie zuvor, mit dem Inhalt von Tannhäuser beschäftigt. Er las das Libretto wieder und wieder bis er es wirklich verinnerlicht hatte.
Ein Mann, der alles hat, den Venusberg trotzdem verlässt, um seine große Liebe wiederzusehen und letztlich doch scheitert. Die Geschichte ging ihm nahe.
Zum anderen kam er durch die Gespräche mit seinem Jungendfreund Michael auch Gott wieder näher. Ganz tief in seinem Inneren war dieser Glaube an Gott verwurzelt. Trotz aller Zweifel. Er hatte es nur in den letzten Jahren nicht mehr gespürt.
Jetzt, da er sich mit Tannhäuser, Schuld, Sühne, Vergebung und seiner Situation auseinandersetzte, fühlte er Gott wieder. So konnte er ganz in die Zeilen des Chors auf dem Weg nach Rom, aus der zweiten Szene eintauchen:

„Ach, schwer drückt mich der Sünden Last,
kann länger sie nicht mehr ertragen;
drum will ich auch nicht Ruh noch Rast
und wähle gern mir Müh' und Plagen.
Am hohen Fest der Gnadenhuld
in Demut sühn' ich meine Schuld;

gesegnet, wer im Glauben treu:
er wird erlöst durch Buß' und Reu'."

Frank Hochmann erkannte, dass er an Vielem, was in seinen Leben falsch gelaufen war, selbst schuld war.
Er spürte, wie Tannhäuser, eine Last, eine Schuld. Nur lähmte das Hochmann nicht mehr. Im Gegenteil. Es gab ihm eine ungeahnte Kraft.
Hochmann wusste, dass dieses Konzert erst einmal das letzte sein wird. Seitdem feststand, was er danach machen würde, spürte er die lang ersehnte Erlösung, fühlte sich freier, war mit sich fast im Reinen.
Vor dem Auftritt war noch einiges zu klären. Frank Hochmann ging das engagiert und konsequent an, auch wenn ihm manches dabei trotz allem schwer fiel.
Wer ein neues Leben zu beginnen möchte, sollte sich vorher von seinem alten verabschieden. Er musste einen klaren Schnitt vollziehen. Das war ein Ergebnis der vielen Gespräche mit Pater Michael.
Zunächst musste einiges Organisatorisches erledigt werden. Es war ihm wichtig, dass alles seine Ordnung hatte. Also kündigte er die Wohnung und erledigte alles, was damit zusammenhing. Er räumte sie auf und putzte sie penibel sauber. Dann warf er seine alte Kleidung weg

– bis auf den schwarzen Anzug, den er heute beim Konzert tragen würde – und bildete mit den noch guten Sachen einen Haufen mit dem Zettel „Kleidersammlung“ oben drauf.
Viele Wertsachen besaß Frank Hochmann nicht. Nur die Trennung von der Uhr seines Vaters fiel ihm schwer. Er ließ sie noch einmal durch seine Hände gleiten, hielt sie kurz an sein Handgelenk und legte sie dann mit den zwei Paar Manschettenknöpfen, einem Füller von Montblanc, dem Ehering auf einen weiteren Haufen, hier mit dem Zettel „Clara“ drauf. Das goldene Feuerzeug sollte sein Freund Martin bekommen, also kam ein dritter Zettel mit „Martin“ dazu.
Er nahm alle Bilder vorsichtig von der Wand, wählte die besten aus und steckte sie in einen weiteren Umschlag, auf dem ebenfalls „Clara“ stand, den er aber nicht gleich zuklebte, denn es fehlten noch ein paar Zeilen an seine Tochter.
Hochmann schrieb, wie sehr er bedauere, dass er immer nur an sich gedacht hat, wie egoistisch er gewesen ist. Auch das Desinteresse an seiner Enkeltochter und überhaupt dem ganzen Leben seiner Tochter kam zu Wort. Es wäre seine Aufgabe als Vater gewesen, den Kontakt zu suchen, nicht die der Tochter. Er schrieb,

wie leid ihm das alles tat und wie sehr er sich wünschte, dass sie noch einen Weg zueinander finden würden.
Frank Hochmann atmete tief durch und sah sich in seiner Wohnung um. Er würde alles zurücklassen – fast alles.
Seine geliebte Nicolò Gagliano würde er mitnehmen, von ihr konnte und wollte er sich nicht trennen.
Letztlich wunderte er sich, wie schnell alles dann doch erledigt war. Auch das war wohl ein Ergebnis seines Handelns. Einen Fußabdruck würde er kaum hinterlassen.
Zufrieden sah er sich um. So war das also. Komisch, dachte er, wie leicht es mir fällt, zu gehen. Gut. Frank Hochmann atmete tief durch, zog mit einem Lächeln die Tür zu und machte sich auf Weg in die Isarphilharmonie. Er hatte seine Mitte gefunden, war sich seiner Situation voll bewusst. Es gab eine Zukunft für ihn, das Leben würde weitergehen. Und so sah man einen gut gelaunten Musiker durch die Straßen Münchens zu seinem letzten Auftritt laufen.
Seine Leistung an diesem Abend erfüllte die hohen Erwartungen nur bedingt, was das Technische anging, aber er spielte so hingebungsvoll, so intensiv, wie selten zuvor. Er hatte vor Seligkeit Tränen in den Augen.

Ach, da saß ja auch sein Arzt. Ihre Blicke trafen sich. Der Arzt sah so glücklich aus. Hatte er etwa auch Tränen in den Augen? Der Patient lächelte ihn an. Am liebsten hätte er ihn umarmt, ihm gesagt, wie dankbar er ihm war. Denn er wusste, dass er dem Arzt nicht gleichgültig war. Es gab eine Verbindung zwischen den beiden, es verknüpfte sie ein Band des Schicksals.
Sein Arzt war nicht mehr der Mensch, den er vor vielen Monaten kennengelernt hatte. Und das war gut so. Denn irgendwann war er nicht mehr nur der Arzt, sondern der Mensch Horst Schneider. Deshalb sah ihn jetzt nicht ein Arzt an, sondern vielleicht sogar ein Freund.
Doch jetzt musste sich Frank Hochmann voll auf das Ende des ersten Aufzugs konzentrieren. Er atmete tief durch.

In den Augen seines Arztes, die dieser gerade wieder vor Freude und Genuss schloss, hatte er es genau gelesen: Es würde alles gut werden. Und Frank Hochmann wusste, dass es stimmte.

Ha, jetzt erkenne ich sie wieder,
die schöne Welt, der ich entrückt!

Ein besonderer Abend

Heute war der Tag der Premiere. Horst Schneider war aufgeregt und besorgt. Der letzte Besuch von Frank Hochmann hatte ihn nervös gemacht. Er wurde das Gefühl nicht los, dass etwas mit seinem Patienten passieren würde, was er hätte verhindern können. Er würde sich Vorwürfe machen, das nicht früh genug erkannt zu haben. Wenn er an die Besuche in seiner Praxis dachte, schien ihm von Anfang an, dass er besser zwischen den Zeilen hätte lesen müssen.
„Alles gut?" Marina war aufgefallen, dass ihren Mann etwas beschäftigte.
„Ja, ja, alles gut...", antwortete er, aber dann fiel ihm ein, dass so sein altes Ich geantwortet hätte, und er korrigierte sich.
„Das heißt nein. Ich sorge mich um Frank Hochmann."
„Den Geiger? Warum?"
„Ich kann es nicht sagen, es ist nur so ein Gefühl. Aber jetzt lass uns den Abend genießen. Ich würde nur gerne nach der Vorstellung mit ihm sprechen, wenn das für dich in Ordnung ist."
„Aber natürlich." Marina freute sich, dass ihr Horst seine Empathie wiedergefunden hatte.
„Ich würde ihn auch gerne kennenlernen."

So machte sich das Ehepaar Schneider schick und fuhr mit dem Taxi zur Oper.
Es war seit Langem das erste Mal, dass sich Horst Schneider auf eine Oper freute. Er hatte sich sogar den Opernführer zu Hause gegriffen und über Wagner und speziell Tannhäuser nachgelesen.
Natürlich geht es um Liebe. Tannhäuser kann im Venusberg alle sinnlichen Freuden genießen, aber sie befriedigen ihn nicht mehr. Er verlässt die Venus und möchte an einem Sängerfest teilnehmen, um das Herz seiner wahren Liebe Elisabeth zu gewinnen. Aber er ist ein Hitzkopf und meint als Einziger, von wahrer Sinnlichkeit eine Ahnung zu haben. Er bekennt, im Venusberg gewesen zu sein. Das löst Empörung aus und er wird verdammt. Darauf pilgert er nach Rom, um Buße zu tun und um Vergebung zu bitten.
Bei dem Chor der Pilger bekam Horst Schneider Gänsehaut.

Ach, schwer drückt mich der Sünden Last,
kann länger sie nicht mehr ertragen;
drum will ich auch nicht Ruh noch Rast
und wähle gern mir Müh' und Plagen.

In Rom angekommen, findet er keine Vergebung. Der Papst zeigt auf seinen Priesterstab und sagt:

Wie dieser Stab in meiner Hand nie mehr sich schmückt mit frischem Grün,
kann aus der Hölle heißem Brand
Erlösung nimmer dir erblühn!

Er kehrt zurück, aber Elisabeth ist inzwischen vor Kummer gestorben und so stirbt auch er. Auf wundersame Weise schlägt an seinem Pilgerstab frisches Grün aus. Also wird ihm doch vergeben.
‚Schwere Kost', dachte sich der Arzt. Dennoch spürte auch er die Faszination, die von dieser Oper ausging, und warum sich Frank Hochmann darauf freute.
Sie hatten ihre Plätze in der ersten Reihe auf dem Balkon. Die Sicht war herrlich und Marina freute sich, endlich wieder in eine Oper zu gehen. Im Gegensatz zu ihrem Mann liebte sie die Oper über alles.
Die Mitglieder des Orchesters kamen und nahmen ihre Plätze ein, nach einer strengen, geheimnisvollen Ordnung, die sich der Arzt nicht erklären konnte.
Er suchte Frank Hochmann und war beruhigt, ihn zwischen den anderen Violinisten zu sehen. Wie alle

anderen hantierte er an seinem Instrument herum. Er schien vollkommen gelassen zu sein und strahlte eine Sicherheit aus, die dem Arzt klar zeigte: Hier ist er Zuhause, hier kennt er sich aus.
‚Als Arzt lernt man seine Patienten ja immer schwach und krank, aber nie in ihrem normalen Umfeld kennen', dachte Horst Schneider. ‚Für uns sind sie alle verletzlich. Wie sie im Alltag sind, wissen wir nicht.'
Plötzlich wurden alle still und ein Geiger spielte lange einen einzelnen Ton. Die anderen Musiker nahmen diesen Ton auf und stimmten ihre Instrumente danach. Es 'entstand anfangs eine Kakophonie, ein wildes Durcheinander, das dann, von magischer Hand gelenkt, in diesem einen Ton mündete.
Das Saallicht ging aus, die Zuschauer räusperten sich hoffentlich ein letztes Mal und der Dirigent, ein Alberto Manzini, kam unter großem Applaus auf die Bühne und verneigte sich.
Nach den ersten Tönen der Ouvertüre schloss Horst Schneider seine Augen. Die Hörner begannen ganz leise und trugen ihn davon. Er sah den Wald, den Venushügel vor sich und bekam unweigerlich eine Gänsehaut. So hatte er Musik noch nie empfunden, so nah war sie ihm noch nie gekommen. Dann setzten die

Streicher mit dem Thema ein. Er wollte die Augen nicht öffnen, war völlig verzaubert.
Er schwebte über wunderschöne grüne Auen, er war eins mit der Welt und für diesen einen Moment unsterblich.
Ihm stiegen Tränen in die Augen, er konnte es nicht verhindern und wollte es auch nicht, es war so herrlich, so schön.
Marina drehte sich zu ihrem Mann und wollte ihn fragen, wie er den Anfang fand. Als sie sah, wie ihm die Tränen über das Gesicht liefen, nahm sie besorgt seine Hand. Horst öffnete seine Augen und Marina sah Glück. Ein glücklicher Mensch blickte sie an und drückte fest ihre Hand. Sie lächelten sich an.
Ach, da saß ja auch sein Patient. Ihre Blicke trafen sich. Auch Hochmann sah glücklich aus. Hatte er etwa auch Tränen in den Augen?
Der Arzt lächelte ihm zu. Am liebsten hätte er ihn umarmt, ihm gesagt, wie dankbar er ihm war. Denn er wusste, dass er seinem Patienten nicht gleichgültig war. Es gab eine besondere Verbindung zwischen den beiden, es verknüpfte sie ein Band des Schicksals.
Frank Hochmann war nicht mehr der Patient, den er bei der ersten Untersuchung kennengelernt hatte. Und das

war gut so. Denn von da an war er nicht der Patient, sondern der Mensch Frank Hochmann. Deshalb sah ihn jetzt nicht ein Patient an, sondern vielleicht sogar ein Freund.
In den Augen Frank Hochmanns, die er gerade wieder voller Konzentration und Genuss abwendete, hatte er es genau gelesen: Es würde alles gut werden. Und Horst Schneider wusste, dass es stimmte.

... Der Himmel blickt auf mich hernieder,
die Fluren prangen reich geschmückt.

- ENDE -

Danksagung

Petja, weil du immer da bist.
Wolfgang, weil du immer Rat weißt.